Nombreux sont les chemins...

From the Foot of the Mountain
par
Claudia Morrison

Traduction de l'anglais (Canada)
Mair Verthuy

© 2015

Tous droits de traduction, de reproduction et d'adaptation
réservés pour tous pays.

Couverture : Jackie Wyant
Photo de Mair : Kayla McKenzie

ISBN 978-0-9949635-0-5

L'auteure de ce roman, Claudia Morrison, née aux États-Unis peu avant la Seconde Guerre mondiale, mère et grand-mère, est venue plus tard dans le siècle s'installer au Canada pour devenir ensuite citoyenne canadienne. Aujourd'hui à la retraite, Claudia partage son temps entre Pointe-Claire, une ville plutôt résidentielle de l'agglomération de Montréal, et un petit hameau en Ontario. Au Québec, pendant une vingtaine d'années, elle a surtout enseigné la littérature, le cinéma et les questions sociales au CÉGEP John Abbott. Claudia a aussi beaucoup écrit : essais, poésies, romans, qui lui ont parfois valu des prix ou d'autres formes de reconnaissance. Elle a toujours beaucoup milité en faveur de l'environnement et la paix.

Parmi ses publications :

From the Foot of the Mountain, (roman devenu en traduction *Nombreux sont les chemins*), Cormorant Books, 1991, présélectionné pour le Prix Hugh Mclennan pour la meilleure fiction anglophone au Québec ;

I should know and other stories, Morgaine House, 1997;

Arrival : twenty poems on aging, League of Canadian Poets, 2000, mince recueil (chapbook) de poèmes, qui a remporté le Prix League of Canadian Poets First Chapbook ;

Witness at the Gates, 2006.

DÉDICACE

À toute ma famille,
aux ami.e.s de toutes parts
ainsi qu'aux victimes par le monde
non pas d'un simple volcan,
mais de la méchanceté humaine.

Je tiens à remercier tout particulièrement Joanna qui s'est occupée du formatage, de la couverture, des illustrations, et de tous les autres détails qui ont échappé à l'attention de la traductrice.

« Un peuple qui oublie son passé se condamne à le revivre. »
Ainsi parla Sir Winston Churchill. Et bien d'autres encore
à leur façon.

... L'an neuf de l'empereur Vespasien

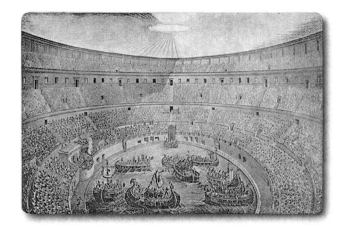

le 10 juin

Je me mets aujourd'hui à écrire sur la recommandation d'Eutarque, notre médecin de famille, celui-ci m'ayant prescrit une thérapie que j'ai accepté de suivre : pour le corps, des herbes, des massages, un régime très strict; pour l'esprit, un programme de lecture et d'écriture. Il me faut relire les œuvres les plus importantes de nos penseurs et noter chaque jour les réflexions qu'elles m'inspirent. Il est d'avis que l'acte même de coucher mes pensées sur la feuille m'aidera à guérir de la mélancolie qui m'afflige et me permettra ainsi

Traduction Mair Verthuy

d'atteindre à la fois une meilleure objectivité et une plus grande clarté de l'esprit. Je dois prendre de nouvelles résolutions, me dit-il, dont la première sera d'éviter toutes les habitudes et conduites qui ont abouti à me rendre malade. Alors seulement, c'est ainsi qu'il continua ses conseils, pourrai-je espérer atteindre l'harmonie et la paix.

Il y a quelques jours, mon état de dépression s'aggrava au point que je me décidai à m'ôter la vie. Je convoquai Eutarque dans ma chambre et l'invitai à m'indiquer la façon la moins douloureuse de m'ouvrir les veines, lui demandant même s'il acceptait de m'aider à poser ce geste. Malgré les honoraires plus que généreux que je lui proposai, il refusa, insistant au contraire sur la nécessité d'une consultation médicale immédiate.

Après m'avoir fait pendant toute une après-midi subir un examen physique et verbal, il réussit à me convaincre qu'en nourrissant la croyance que dans notre philosophie le suicide est perçu comme un bien moral, je faisais fausse route.

Le droit de mettre soi-même fin à sa propre vie ne se justifiait que si l'honneur avait subi une atteinte mortelle, me fis-je dire, ou si la vie était devenue proprement insupportable. Aucune de ces conditions ne s'appliquait à mon cas, car il ne s'agissait nullement de déshonneur; la souffrance qui était mienne semblait de nature temporaire et guérissable. Il me gronda de lui avoir caché si longtemps mon état et me supplia avec éloquence d'éloigner de moi toute pensée de la mort. Eutarque m'indiqua alors un programme thérapeutique que je dois suivre pendant les six mois à venir.

Nombreux sont les Chemins...

Je lui fis part de mes doutes quant aux bienfaits de la philosophie dans un cas de dépression comme le mien, ajoutant qu'il me semblait qu'elle risquait plutôt de l'aggraver, mais il me persuada du contraire. « Le sens du monde devient clair quand il est perçu dans toute sa plénitude dans le temps comme dans l'espace, mais à la seule condition que l'œil ait subi l'influence de la Raison et la volonté celle de l'Obéissance. »

J'eus l'impression de retomber en enfance, de me faire accompagner de nouveau à l'école.

« Dois-je alors me limiter aux seules questions savantes, demandai-je, me contenter de retranscrire les apophtegmes de nos penseurs ? »

Il me fit non en inclinant la tête, m'informant que les remarques qui résulteraient de mon auto-examen devraient révéler tout ce qui pouvait engager mon âme.

« Si sur le coup la douleur vous assaille, parlez-en, fit-il, et prêtez-y l'attention qu'elle mérite. Il en va de même de vos joies. La plume doit courir là où l'âme la pousse, même si au terme du voyage se dessinent en apparence la confusion et l'inconséquence. Pour ne faire qu'un avec le logos. Il faut d'abord le connaître sous sa forme originale, qui est, selon notre philosophie, le Chaos. »

Par moments Eutarque me fatigue et ses maximes m'assomment, mais ma curiosité eut raison de mon scepticisme, car ses conseils ne furent pas ceux auxquels je m'attendais.

« Voyons, m'objectai-je, pour écrire, il faut mettre de l'ordre dans ses pensées. »

Il opina, mais me conseilla de ne pas pour autant

Traduction Mair Verthuy

mépriser le désordre.

« Ne rejetez rien à l'avance parce que cela vous paraît trivial, admonesta-t-il, et n'écartez aucune idée pour la simple raison qu'elle viole les canons de la vertu ou du goût. En ce faisant, vous ne feriez qu'exercer une censure prématurée et vous imposer des limites trop étroites. »

Il continua de m'étonner en me conseillant de ne pas négliger mes rêves, qui me travaillent grandement ces derniers temps. Il expliqua que c'est dans ces troubles états nocturnes de l'esprit que nous rencontrons notre daimon. Notre être intérieur, à son niveau le plus profond. « Ce serait une erreur que de fermer ses oreilles devant cette voix, me prévint-il. Il faut la confronter et arriver à la comprendre si nous voulons en diminuer les effets négatifs pour n'incorporer dans notre caractère que ses éléments positifs. Ecrivez, Madame, écrivez. »

Je ne fais guère confiance à la qualité thérapeutique de sa prescription et me livrerai à cet exercice surtout pour éviter de l'indisposer. C'est un bon médecin, même si parfois ses prétentions paraissent absurdes, et la confiance qu'inspire le guérisseur constitue certes le fondement de toute guérison. Mais je crains que le régime spirituel qu'il me conseille n'aboutisse à l'effet contraire de celui qu'il escompte et que, loin de trouver dans l'acte de rédiger mes pensées un exutoire à ma douleur, je ne m'y enfonce encore plus profondément, retrouvant ainsi mon intention initiale. Je doute, et je consigne ce doute sur ma feuille, que le désordre puisse se transmuer en forme ou la souffrance en acceptation, comme le proclament nos philosophes.

Néanmoins j'obéis. Je commence.

Nombreux sont les Chemins...

La mélancolie qui m'afflige me frappa il y a quelque six mois, peu après la nuit où mon fils Drusus cracha du sang en grande quantité et tomba en transes. Convaincue de sa mort prochaine, je suppliai les dieux de lui épargner la vie, allant jusqu'à proposer ma vie à la place de la sienne. Mes vœux furent exaucés. Il se porte mieux maintenant, quoique sa convalescence s'annonce longue.

L'on aurait pu penser que, le danger étant passé, mon angoisse se fût dissipée, mais tel n'était pas le cas. Au contraire, mon état semble avoir légèrement empiré depuis lors. Je vaque à mes besognes, je ne suis pas alitée, mais mes nuits se remplissent de lourds rêves accablants, infiniment plus vivants que ces journées amorphes qui s'écoulent dans une indifférence de mort. J'ai l'impression d'avoir été vidée de toute capacité de sentir. La douleur même est sourde, lointaine, enveloppée dans un nuage sombre et irréel. La seule sensation qui me reste est celle d'être à la dérive. Me voici détachée de tout ce qui m'entoure, détachée en particulier de tous ceux que j'aime.

Properce, Lucile, même Drusus, me paraissent distants, unidimensionnels : des étrangers pour lesquels je ne ressens rien. Properce, aussi bon qu'il puisse être, n'est plus à mes yeux qu'un inconnu pathétique, vieillissant, de plus en plus absorbé par son travail. En tant que mari, en tant que citoyen, il est exemplaire, c'est à dire qu'il accomplit dans le moindre détail les devoirs qui lui incombent. Est-ce chez moi de la perversité ? Chacune de ses vertus me paraît pourtant dérisoire.

A dire vrai, ce n'est pas moi qui prononce ces paroles; c'est l'autre créature qui m'habite qui pense ces choses.

Traduction Mair Verthuy

C'est elle qui déteste Properce, qui traite sa patience de suffisance, qui laisse croire que la vie de ce dernier ne se compose que d'une suite de gestes inauthentiques.

J'ai cherché à faire taire cette voix. A l'extérieur, je n'ai pas changé; depuis vingt ans que je suis mariée, je demeure toujours aussi loyale, aussi consciencieuse. Quand je sens cette autre personnalité s'emparer de mon moi, je m'impose des punitions afin de me faire pardonner des dieux, dévidant et filant pendant des heures dans l'aile des esclaves afin de ne plus l'entendre. Mais je ne réussis pas; la voix ne se tait pas.

Tout se passe comme si j'avais construit autour de moi un mur que je ne suis plus capable de démanteler. Je crois même que je n'ai plus envie de le faire, comme je n'ai plus envie de faire l'amour avec Properce.

Pourquoi avoir choisi cette comparaison ? Voilà cinq ans que je ne reçois plus la visite de mon époux; son impuissance ne peut plus faire aucun doute. Souvent je me demande quelle a été ma part de responsabilité dans sa condition, moi qui le repoussais. Peut- être aurais-dû me montrer plus patiente. Au départ son impuissance fut intermittente, et il tenait absolument à me faire plaisir manuellement tout en sachant que ce même plaisir lui était refusé, mais s'il est vrai que, par cette pratique, j'atteignais une certaine décharge de tension, l'impression qui m'envahissait par la suite d'avoir subi une dégradation me rendait nos rapports déplaisants. Je finis par l'en décourager et, sans que la moindre parole fût échangée, l'aspect physique de notre mariage prit fin.

L'amour que je portais à ma fille Lucile s'est également dissipé. Déjà avant son mariage l'année dernière, elle avait commencé à me paraître affreusement superficielle. J'avais trouvé ravissants durant son enfance ses petits airs de coquette, mais tout à coup se révéla à moi avec une clarté aveuglante la totale absence de chaleur qui les sous-tendait. Je ne vois dans son caractère aucune bonté, j'y décèle plutôt un terrain propice à la corruption. Je me suis surprise à maintes reprises à regretter le temps et l'effort que m'avait coûté sa naissance, et cette pensée dont j'aurais eu honte il y a quelque temps me laisse aujourd'hui indifférente.

Je réserve la honte qui me reste pour le vide qui existe à l'heure actuelle entre Drusus et moi. De plus en plus sa proximité me gêne. Mes visites quotidiennes requièrent un véritable acte de volonté, mon sang se glace au fur et à mesure que l'heure approche. Il ne peut que subodorer cette réaction, j'en suis persuadée, quoi que je fasse pour la masquer; il en est parfaitement dérouté. Son attitude se fait de plus en plus respectueuse et courtoise, ses avances relèvent davantage du rite que de la sincérité, comme si l'effort commun de dissimulation avait fait de nous des marionnettes ; nos rencontres n'en sont que plus malaisées, plus guindées.

Properce a engagé pour lui un nouveau précepteur, un jeune affranchi de Rome ayant pour nom Camillus. Il devrait arriver dans la semaine. C'est avec beaucoup de plaisir que Drusus attend sa venue. Moi aussi, puisque sa présence me dégagera d'un fardeau qui m'accable tous les jours un peu plus. Je prie pour qu'entre mon fils et cet homme se développent des liens d'amitié, pour que ce dernier lui serve d'exemple et réussisse à inculquer chez Drusus l'estime de soi, deux tâches que je n'ai pas su mener à bien.

Ô mon fils, mon fils, pardonne-moi de m'être ainsi détournée de toi.

le 11 juin

Ma maladie prit sa source dans une brève révélation qui me frappa peu après la fin de la crise qui avait mis en cause la vie de Drusus, quand je sus que mes prières avaient été exaucées. Je fus visitée par la joie, le soulagement, la gratitude. Mais quelques jours plus tard, alors que, assise dans le jardin, je réfléchissais à ces récents événements, je me rendis soudain compte combien fragile est le bonheur humain, combien total et irréfléchi est le besoin que nous avons d'autrui. En repensant à ma vie, il me sembla que je n'avais fait que vivre dans un théâtre d'illusion. A tout moment, et sans prévenir, les dieux pouvaient de façon soudaine et violente en changer le scénario. Il est vrai qu'ils avaient laissé la vie sauve à mon fils, mais il ne s'agissait que d'un répit, d'un geste capricieux : ils ne se réservaient pas moins le pouvoir de me l'arracher à tout instant, ce qu'ils ne manqueraient pas de faire, j'en étais convaincue, lorsque le désir leur en prendrait. Il n'était pas en mon pouvoir d'apporter le moindre changement à cet état de fait, c'était l'évidence même.

Je ne sais vraiment pas pourquoi mais la réalisation de la facilité avec laquelle la mort peut nous enlever tout ce que nous aimons me plongea dans un état dépressif qui perdure depuis sans interruption aucune. Pendant cette période, je me suis progressivement retirée de la société, me limitant à mon foyer. Je passe de longues heures dans ma chambre à ne rien faire ou à tourner dans mon jardin comme une nouvelle Ariane égarée qui aurait perdu son fil et se promènerait inlassablement dans un labyrinthe sans issue.

Les dieux pouvaient m'enlever Drusus sans explication aucune, sans même l'hésitation que j'aurais à tuer une mouche, et sans la même justification, car nous tuons des mouches parce qu'elles nous ennuient, alors que Drusus n'avait guère pu ennuyer les dieux. Tout se passe comme si, avec cette prise de conscience, quelque chose avait craqué en moi. Il devenait évident que le hasard et non la justice gouvernait notre vie. En un éclair, je perdis la foi: l'amour que j'avais porté à ma famille, le respect que j'avais voué à la vertu, tout disparut, ne laissant derrière que le vide.

Eutarque me dit qu'une telle réaction n'est nullement inhabituelle, que généralement après une période de repos elle passe. Je connus quelque chose de similaire il y a des années à la mort de mon père, mais alors une espèce d'engourdissement, un déni enfantin de la réalité, m'empêchèrent de réagir. Aujourd'hui la récente douleur ressentie à propos de Drusus a rouvert l'ancienne blessure qui n'avait jamais pu saigner. Je la sens maintenant qui m'habite et qui puise constamment, comme si son rythme ordonnait secrètement le mouvement de mon sang.

Eutarque veut me faire croire que mes dépressions résultent d'une mauvaise santé et d'un faux raisonnement, que la perception du monde que m'impose ma mélancolie est l'illusion de la vérité et non la vérité elle-même. Peut-être. Le fait même d'avoir consenti à cette thérapie semblerait révéler chez moi un renouveau de la volonté, un signe que le désir de vivre renaît de ses cendres.

De toute façon, je m'appliquerai même sans y croire. Vendredi doivent commencer mes visites à Stabiae, à la villa de Pomponius. Eutarque, qui est aussi bien le docteur de cette famille que de la nôtre, s'arrangea pour que leur bibliothèque me soit ouverte. Je dois m'y livrer à mes études une après-midi par semaine. Il m'assure que je n'y rencontrerai personne et que personne ne me dérangera. La famille n'occupe la villa que durant les mois d'hiver; outre les esclaves, elle sera donc inhabitée. La perspective ne laisse pas néanmoins de m'effrayer, car depuis que je suis en proie à la mélancolie je n'ai pas quitté notre enceinte.

J'attribue cette crainte à mes rêves. Toujours quand mes rêves me transportent à l'extérieur de ces murs, j'y rencontre un terrible danger. Quand Properce et moi

Nombreux sont les Chemins...

nous nous installâmes ici il y a quelque dix-sept ans, le grand tremblement de terre remontait déjà à plusieurs mois, mais je me souviens encore du choc que je ressentis en constatant l'étendue des dommages. D'après Properce, mes cauchemars traduisent ma crainte de voir un tel événement se reproduire, et c'est sans doute en partie vrai. Mais durant toute cette période le sol sous nos pieds n'a manifesté aucune grogne; je comprends mal pourquoi ces rêves reviendraient à ce moment précis ni pourquoi ils se présentent à moi avec cette insistance si oppressante.

Quelle qu'en soit la cause, il me faudra supporter mes craintes; il me faut trouver la volonté de ce faire, et, pour m'aider dans cette tâche, dénicher quelque part un dernier vestige de foi. Je fais preuve d'égoïsme en invoquant la mort : pour Drusus, je tiendrai parole.

le 13 juin

La visite à Stabiae, entreprise avec tant de trépidation, se révéla une journée de renouvellement et de découverte. Elle commença mal, je me recroquevillai à l'intérieur de la litière, refusant de regarder au-delà des tentures. Au moment de descendre sur le quai et de poser le pied dans la barque, je tremblais réellement de peur. Mais une fois installée sur les coussins, je sentis se dissiper mon angoisse. La beauté de la journée y contribua. Sous le soleil éclatant, l'eau était d'un bleu velouté, calme et rassurante comme une nourrice d'enfant. Quelques grands nuages immobiles dominaient le ciel; les rayons du soleil frappaient les murs des bâtiments sur la rive, créant

Traduction Mair Verthuy

une mosaïque vivante de couleurs et d'ombres. Pourquoi ne jamais être venue auparavant, avais-je envie de crier, surprise que j'étais de m'être privée pendant tout ce temps de tant de beauté.

Ma crainte de la mer paraissait incompréhensible et inexplicable par une telle journée. Les esclaves ramaient, Scamandre en tête. Je m'enfonçai dans les coussins, absorbant l'air, le goût salé de l'écume de la mer, me laissant bercer par le doux balancement du bateau. Me sentir ainsi sur l'eau si calme, si légère, remplie d'une confiance tout inattendue, constituait pour moi une expérience unique, comme si, à mon insu, mes yeux n'avaient jamais cessé de rechercher le spectacle toujours renouvelé de cette côte, où chaque changement de perspective apportait aux sens de nouvelles joies.

Le trajet parut bref; après trop peu de temps, nous nous amarrâmes au quai de Pomponius. Scamandre avança pour préparer ma litière, mais je l'écartai de la main. Les marches en pierre qui menaient à la villa promettaient d'autres plaisirs encore. J'avais envie d'y aller à pied.

De grands platanes protégeaient de leur ombre le chemin à parcourir, ainsi que deux haies de buis à travers lesquelles s'enroulait un très beau lierre dont les feuilles étaient d'un vert si profond que leur surface lisse captait et renvoyait des fragments de lumière. La villa est d'une grande élégance, offrant de sa hauteur une perspective magnifique sur la baie et son rivage. Elle est importante et manifestement d'une grande valeur mais ne trahit nullement cette vulgarité ostentatoire qui caractérise trop souvent de telles résidences au bord de la mer. Pour être

Nombreux sont les Chemins...

décorées avec simplicité, les pièces n'en révèlent pas moins l'attention dont elles ont fait l'objet. Les fresques en particulier sont d'un très grand raffinement, certaines dans le style ornemental, d'autres dans le style illusionniste. J'ai surtout apprécié celles-ci, aussi bien dans la salle à dîner centrale que dans les bains.

Dans le *triclinium*, les panneaux mettent en scène un entrelacement complexe d'arbres et de paons sur un fond bleu-nuit. Le travail de pinceau est exquis, l'effet celui d'un rêve. Je remarquai également quatre panneaux dépeignant des scènes tirées de la mythologie, dont une me frappa tout particulièrement, celle où Persée vient à la rescousse d'Andromède. Le panneau est immense, recouvrant un mur entier. Andromède est enchaînée à un rocher, alors que plus bas ses nymphes se baignent dans un étang. Derrière se dessinent des constructions, des silhouettes d'arbres; à l'avant-scène, brossés avec une extrême délicatesse, des oiseaux et de petits animaux laissent percer dans le regard qu'ils portent sur leur princesse captive toute leur douleur, tout leur amour. Le panneau est encadré de rouge; à l'intérieur dominent un bleu et un vert très doux sauf pour la tâche du même rouge que le cadre qui représente la cape de Persée. Cette tache de couleur attire l'œil vers cette figure encore lointaine dont on s'aperçoit qu'elle vole vers Andromède pour la secourir. La conception et l'agencement du tableau sont également enchanteurs; je souhaiterais savoir le nom de l'artiste.

Une jeune esclave charmante du nom de Brytha me fit faire la visite de la villa. La femme de Pomponius doit être très sûre de ses propres attraits si elle garde dans sa

13

maison une créature aussi appétissante, me dis-je, tout en me demandant quel pouvait être son pays d'origine. Peut-être vient-elle d'Hibernie : les femmes de ce pays seraient toutes également belles, coiffées qu'elles sont d'une chevelure magnifique d'un doré tirant sur le rouge.

Le tour terminé, elle me conduisit à la bibliothèque où par discrétion elle-même ne resta pas. La salle, où régnait une atmosphère paisible et ordonnée, comblait tous mes vœux. Des rayons couvraient les quatre murs,

Nombreux sont les Chemins...

chacun rempli de rouleaux soigneusement identifiés. Tant d'écritures ! Incroyable ! Eutarque m'avait prévenue que la bibliothèque hébergeait deux mille ouvrages, mais je n'avais pas réussi à m'imaginer une telle quantité.

Théâtre, poésie, histoire, droit, philosophie, tout s'y trouvait et en quantité. Je m'avançai vers les rayons que surplombait le buste d'Aristote et trouvai sans difficulté ce que j'y cherchais. Eutarque m'avait conseillé de commencer par les œuvres de Lucrèce et de procéder ensuite à la lecture d'Épictète et d'Épicure si l'étude du seul Lucrèce ne répondait pas à mes besoins. Je choisis donc les volumes I à III de son livre *De rerum natura* (De la nature des choses) et, afin de commencer mon travail, les portai vers une couche destinée à la lecture, qui se trouvait dans l'embrasure d'une fenêtre.

Mais la salle elle-même, pourtant parfaitement conçue en fonction de l'étude et de la réflexion, m'empêchait de me concentrer sur mes lectures. Rien que d'y être me procurait une joie extrême, le sentiment d'appartenir à cette lumière tamisée, à ces riches boiseries, l'aura presque sacrée qui émane de ces rangées d'étagères bien ordonnées présidées par les bustes de nos penseurs tant respectés.

Tout à coup je sentis remuer de nouveau en moi l'attrait irrésistible que dans ma jeunesse j'avais ressenti pour la connaissance. Je scrutai la peinture murale en face de moi. Elle donnait à voir Socrate dans sa prison, entouré de ses disciples, portant à ses lèvres la coupe de ciguë. Comment un cœur confronté au souvenir de tant de belles âmes pourrait-il rester indifférent? Des voix semblaient s'élever des rayons comme pour faire taire la

Traduction Mair Verthuy

clameur du monde extérieur avec sa folie, ses méchancetés, son affreuse souffrance gratuite. Je gardai à la main mon rouleau, savourant à l'avance tout ce qu'il contenait de promesse.

Mais en une seconde et sans raison apparente, un sentiment d'amertume m'envahit. Je me fustigeai d'avoir été tellement complaisante, tellement incertaine d'esprit que je continuais de me laisser séduire par les vaines panacées prescrites par les hommes. Qui était Eutarque, qui même Lucrèce, pour que je leur attache davantage d'importance qu'à la voix de mon cœur ? Quelques minutes suffirent pour que je fusse de nouveau plongée dans la mélancolie, aussi soudain que si quelqu'un eût soufflé une bougie. Je commençai à trouver étouffante cette salle qui à peine quelques instants plus tôt avait été la source de tant de plaisir, et la poursuite de la philosophie me parut encore une tentation sur le chemin de l'illusion. Me levant, je sortis.

La cour est de forme rectangulaire avec au centre une fontaine entourée d'un plan d'eau circulaire. Des arbustes fleuris, des bancs, des tonnelles sont savamment disposés tout alentour, offrant ici et là des coins de fraîcheur ombragée. Au-delà, la silhouette des cyprès se découpe contre les collines, et plus loin encore l'on perçoit les eaux étincelantes de la baie.

A l'autre extrémité de la cour, je découvris avec une certaine surprise un petit sanctuaire à colonnes. Mais n'est-ce pas un sanctuaire dédié à Isis ? me demandai-je, en m'avançant pour le regarder de plus près. La statue entre les colonnes était effectivement celle d'Isis, assise sur son trône, son enfant Horus dans ses bras, son pied

Nombreux sont les Chemins...

posé sur le globe terrestre. Mère de Toutes Choses, ainsi l'appellent ses fidèles, la Déesse aux noms multiples : en Thrace, Cybèle ; en Sumérie, Ishtar. Je crois comprendre que son culte trouve un écho de plus en plus significatif auprès du peuple partout dans l'Empire, même dans la capitale. Sa présence ici m'étonna néanmoins; rares sont les membres de la classe patricienne qui s'intéressent à elle. Voilà du moins ce que l'on m'avait fait croire.

D'après Eutarque, Pomponius est non seulement sénateur, mais aussi un ancien consul. Je me demande quelles sont les origines de son épouse. Clio: le nom est grec. Je suppose que c'est elle qui a fait construire ce sanctuaire.

Je retrouvai mon banc près de la fontaine, ma mélancolie s'étant quelque peu dissipée. Je me dis que j'avais librement consenti à discipliner ma pensée par l'étude et que cette résistance était à la fois infantile et destructrice. Docile, j'ouvris le rouleau, mes pensées refusèrent cependant de m'obéir et se mirent à emprunter d'autres chemins. Il me vint à l'esprit que la guérison que recherchait Eutarque pouvait procéder autant de la villa elle-même et la perspective lénifiante qu'elle offrait que de l'étude proprement dite. Peut-être avait-il proposé la lecture philosophique comme appât seulement, pensai-je, et dans la réalité j'étais simplement censée me prélasser dans le jardin sous prétexte de lire Lucrèce. Il m'était de plus en plus difficile de me concentrer. La chaleur, l'air embaumé, le léger bourdonnement des insectes, le clapotement de la fontaine m'assoupissaient. Brièvement je m'endormis, d'un sommeil rafraîchissant qu'aucun rêve ne venait hanter, tellement court qu'en ouvrant les yeux je ne remarquai aucun changement dans l'ombre du cadran solaire. Je ne bougeai pas, prenant plaisir à la lumière du soleil, laissant le rouleau fermé sur mes genoux. Quand Brytha vint me retrouver pour m'annoncer que Scamandre m'attendait au quai, je m'étonnai du passage du temps. À regret je me levai pour la suivre, lui rappelant de bien envelopper les rouleaux. « Je les emporterai, » dis-je (Eutarque s'étant arrangé pour que cela fût possible). Demain je me consacrerai à l'étude afin de racheter cette après-midi de paresse.

Quelle que soit cette médecine, force m'est d'avouer qu'elle semble réussir. Ma sortie m'a procuré le premier plaisir que je connaisse depuis des mois.

le 16 juin

Ces derniers jours ont été trop mouvementés pour laisser place à l'écriture. Les comptes étaient à revoir, et en attendant l'arrivée de Camillus, Drusus se montrait

Nombreux sont les Chemins...

très désagréable. (Le précepteur semble être de commerce agréable et posséder d'excellentes connaissances.) Ensuite il y eut le banquet : le lendemain je m'aventurai en ville pour faire moi-même le marché au lieu d'y mander Félix. Quand ces tâches ne m'accaparaient pas, je me livrai à la lecture de Lucrèce.

Properce avait sans me le dire pris l'initiative du banquet pour me faire la surprise, me l'annonçant à peine une heure avant l'arrivée des invités et m'apportant pour accompagner la nouvelle un carafon de vin. Il ne s'agissait, me jura-t-il, que d'une petite assemblée, composée de nos plus proches amis qui seraient ravis de constater que je me portais mieux et recevais de nouveau le monde.

« Je craignais, si je vous le disais plus tôt, que vous ne preniez peur et refusiez d'y participer, me dit-il. Veuillez m'excuser si j'ai mal fait, mais je suis d'avis que le moment est venu pour vous de renouer vos rapports avec la société. » Là-dessus, il cita comme d'habitude Sénèque, à l'effet que l'âme se fait violence à elle-même en se détournant des gens de sa propre espèce. Il me tapota la main, m'encourageant à boire du vin pour calmer ma nervosité. C'est Eutarque qui en a eu l'idée, me dis-je, ce qui ne pouvait que me rassurer; si la soirée relevait de la thérapie, il ne me restait plus qu'à y participer. Je me détendis, ce qui me permit de recevoir mes invités en toute sérénité.

Je n'avais aucune crainte à avoir. L'assemblée comprenait, outre Drusus, Properce et moi, Lucile et Flavius, Camillus, le nouveau précepteur, Lucius Virianus, professeur de rhétorique au collège et enfin,

19

Traduction Mair Verthuy

pour la bonne bouche, Marcus et Æmilia, récemment revenus de Rome. Voilà plusieurs mois que je ne les avais pas vus, Æmilia surtout m'avait manqué bien que je m'en rendisse seulement compte ce soir-là.

Comme d'habitude la conversation porta sur les événements de la capitale. De là, nous passâmes inévitablement aux traditionnels regrets au sujet de la décadence que nous vivions et du triste sort réservé à la vertu sous nos empereurs. De telles conversations quand elles se répètent sont ennuyeuses en plus d'être déprimantes. Par bonheur, un sujet plus original fut abordé. Il appert qu'il existe un nouvel ouvrage d'histoire qui retrace dans le détail le règne d'Auguste, de Tibère, de Néron même. Le bruit court que l'auteur entend le prolonger afin d'inclure la récente guerre civile et le règne de Vespasien lui-même. Le Tout-Rome meurt naturellement de curiosité car nombreux sont ceux encore vivants qui jouèrent un rôle important dans les événements en question.

Selon Lucius, qui avait introduit le sujet, l'auteur en serait un jeune savant audacieux du nom de Tacite. Lucius a pu se procurer les premiers volumes et les fait reproduire. Il les cite à l'appui de sa thèse selon laquelle la période que nous vivons est moins décadente qu'on ne le pense. Selon lui toujours, si un ouvrage aussi honnête peut paraître, portant sur des événements aussi récents, voire contemporains, et cela sans crainte des représailles, alors le précieux héritage libertaire que nous ont légué nos ancêtres se porte encore bien même si aujourd'hui nous ne vivons plus en République. « Si de telles vérités circulent aussi librement parmi les citoyens de Rome, dit-il, l'on peut sûrement espérer voir la fin des grossiers abus de pouvoir et les pratiques débauchées qui nous envahissent. »

Là je crus voir Camillus sourire en coin, mais, en décelant mon regard, il assuma de nouveau une expression neutre et détourna le sien.

« L'on peut bien sûr m'opposer, reprit Lucius, qui avait vraisemblablement remarqué le sourire de Camillus, mon trop grand optimisme. Je n'ai pas reçu le don de la prophétie, je ne prétends pas non plus que les œuvres d'art déterminent à elles seules la moralité publique, je ne puis cependant m'empêcher de croire que le fait même d'entrer dans la pensée d'un tel cerveau doit pousser à la vertu. Et quant à sa prose, mes amis, elle est exquise, tout simplement exquise. » Brandissant son gobelet au-dessus de sa tête, il nous harangua - avec beaucoup d'éloquence, tempérée néanmoins par un certain élément comique - de la « lucidité » et de la « perfection dans le style » que l'auteur de ce premier ouvrage avait atteintes. Il s'avéra que Marcus aussi avait lu les premiers tomes, et ses louanges vinrent s'ajouter aux autres.

La curiosité me gagna, je l'avoue, et j'obtins de Lucius qu'il permette à Félix de copier les rouleaux une fois ceux-ci terminés.

Je remarquai qu'à ces paroles Camillus me regarda surpris, mais ne saurais dire s'il avait cru qu'en tant que précepteur cette tâche lui incombait ou s'il s'étonnait qu'un esclave, comme l'était Félix, sût ses lettres.

La conversation reprit, et il en émergeait un portrait de Livie qui me troubla. Il semble qu'aux yeux de ce jeune historien, notre respectée première impératrice exerçât une profonde influence réactionnaire sur Auguste, dont la seule erreur, toujours d'après Tacite, serait le respect sans faille qu'il accordait aux désirs de son épouse. C'est elle qui lui servait de conseil pour les nominations importantes, elle qui décidait s'il fallait envoyer des légions en Syrie ou étendre les limites de l'Empire. En public, chaste et gracieuse, toujours, dans les processions, entourée d'une ribambelle d'enfants, elle personnifiait ainsi la Mère du pays, alors que dans les coulisses, selon cette nouvelle histoire, elle était la maîtresse de tous les poisons. Elle organisait des campagnes de moralité publique, dénonçait la consommation effrénée de l'alcool et le recours trop fréquent à l'avortement alors qu'en privé elle n'hésitait pas à fournir à l'Empereur les prostituées dont il avait régulièrement besoin. C'est Livie, affirme-t-il, qui établit la succession impériale et démolit tout espoir d'un retour éventuel à la République. C'est sa politique de subsides et de cirques qui nourrit les illusions du peuple, cela et la religion de pacotille dont elle encourageait l'essor. Si l'Auguste des débuts, l'honnête homme qui acceptait de gouverner un état de droit, se transforma plus tard en tyran, c'est dans le zèle archi-conservateur de Livie qu'il faut en chercher la cause. Elle qui était issue d'une famille non seulement extrêmement riche mais aussi très prestigieuse, comment aurait-elle pu s'identifier aux problèmes du commun des mortels ? Et c'est ainsi que se brisa l'harmonie entre les classes qui avait existé sous la République.

Et ainsi de suite. Je m'émerveille toujours de constater que l'influence exercée par les femmes serait à l'origine de tous les maux de la terre. Il est vrai que le

Nombreux sont les Chemins...

pouvoir de Livie était immense et qu'elle s'en servait pour mettre en place un système que ces hommes autour de la table détestent (et, j'ajoute, qui me déplaît tout autant), mais Auguste était libre à tout instant de mettre fin à ses agissements. Pourquoi le disculper alors ? Aussi remarquable qu'il puisse être pour un historien contemporain d'oser porter le moindre blâme sur un membre quelconque de la famille royale, il n'en demeure pas moins que la hardiesse tant vantée de Tacite s'émousse sérieusement quand il s'agit du « divin » Auguste.

De toute façon, toute possibilité de renouveler la République se dissipa non sous le règne d'Auguste mais sous celui de Caligula, quand le Sénat se révéla définitivement incapable de s'opposer à tout abus du pouvoir, aussi extravagant fût-il.

C'est un fait, Livie était cruelle, menteuse; on ne lui connaît presque pas de qualités, mais, par un sentiment peut-être pervers, il y a une partie de moi qui ne peut s'empêcher de l'admirer. L'on reconnaît chez elle les traces d'une grandeur détournée de son aboutissement, d'une intelligence aiguë accompagnée d'une volonté très ferme, un mélange tout à fait rare. Elle mit certes ses talents au service de la ruse, mais sans doute parce que, femme, elle dut sans cesse travailler en coulisse. Ce sont les hommes après tout qui gouvernent le monde, qu'il s'agisse de l'Empire ou de la République; chaque époque pourtant reproche à une Agrippine la conduite de son Tibère, à une Poppaea celle de son Néron. Maintenant c'est au tour de Livie d'être la Grande Prostituée de l'Empire, son image noircie au-delà de toute ressemblance. Ils ne tarderont pas à enlever ses statues et à retirer de la circulation les pièces de monnaie frappées de son effigie.

Les différentes versions de l'histoire auxquelles nous sommes exposés (car ce que nous apprenons dans les écoles au sujet du règne d'Auguste et de Livie ne ressemble en rien à la version qu'en offrirait ce nouvel historien) ne peuvent que jeter le doute sur la validité de toute prétention à la vérité absolue, que celle-ci émane de l'historien, du philosophe, ou du naturaliste.

Ce qui me ramène aux rouleaux que j'empruntai à la bibliothèque de Pomponius et que j'ai presque finis.

Dans l'ensemble, je trouve Lucrèce ennuyeux, aussi

ennuyeux aujourd'hui qu'il y a toutes ces années au collège. Il semble s'être fixé comme but principal d'atténuer les craintes qu'auraient les gens au sujet de la vie après la mort, comme si la seule raison de craindre la mort serait la peur des tourments éventuels à venir. Tel n'est pas mon cas. Je ne crains pas la mort parce que je crains la vie après la mort ; je sais très bien que rien ne succède à la dissolution. Je crains la mort moins que je ne la hais. Elle m'offense profondément; elle réduit tout à néant, rend nul le moindre geste. A quoi servent tout ce travail, tout ce sacrifice, toute cette abnégation, si la durée, brève ou longue, de notre passage sur terre n'a aucune importance ? Pourquoi « vivre pour autrui », pourquoi s'efforcer d'être le modèle de toutes les vertus, comme on nous exhorte de le faire, si la vie sur terre n'est qu'un accident, comme Lucrèce voudrait nous le faire croire, et aurait aussi bien pu ne pas se produire. A quoi bon la vertu, même si elle accomplit la tâche assez invraisemblable « d'élever le niveau spirituel de l'humanité ? »

Il cherche par tous les moyens à me persuader que la mort est parfaitement acceptable, tout à fait « dans la nature des choses. » Voilà une idée à laquelle la raison peut consentir mais qui répugne à l'âme. Je ne peux l'accepter. Je ne l'accepte point.

le 17 juin

Mon premier tête-à-tête avec Camillus eut lieu aujourd'hui, dans la cour à côté du bassin. Je m'y étais

Traduction Mair Verthuy

installée pour faire de la couture et, levant le regard, je le vis qui approchait; de nouveau sa beauté me frappa. De taille moyenne, brun, il a de courts cheveux bouclés qui lui entourent le visage. Il a les traits fins, les yeux candides et intelligents. Malgré sa réserve, sa démarche trahit une énergie certaine. Camillus me paraît très jeune, en dépit du fait, comme Properce me l'a révélé, qu'il a trente-deux ans, à peine cinq ans de moins que moi.

Je fus gênée d'être si consciente de sa présence physique, par l'envie qui montait en moi de crier mon plaisir et mon émerveillement, comme on est parfois tenté de le faire devant le spectacle d'une fleur en pleine éclosion. Par bonheur, je maîtrisai cette réaction inconvenante et à la place me renseignai sur ses antécédents.

C'est un enfant abandonné qui ne sait rien de ses consanguins. Bambin, il fut découvert au pied de la Columna Lactaria, là où les mères de famille pauvres laissent leurs petits dans l'espoir qu'ils trouveront ainsi un foyer plus accueillant chez des gens inféconds. Enfant captivant sans doute, Camillus, plus fortuné que d'autres, se vit adopter par un riche marchand syrien qui habite Rome et pratique la religion hébraïque. Camillus reçut néanmoins une éducation romaine et fréquenta les meilleures académies. Après y avoir terminé ses études, il partit pour Athènes et Alexandrie où il passa plusieurs années, heureux de pouvoir y fréquenter leurs bibliothèques. Depuis lors, il gagne sa vie en tant que rhéteur et précepteur.

Je voulus savoir comment s'était établi le contact avec Properce; en réponse il m'indiqua que sa mère adoptive, elle-même Romaine, connaît Eutarque, qui lui avait mentionné que nous étions à la recherche d'une personne capable de prendre en main l'éducation de Drusus. Pour sa part, Camillus avait entendu parler du travail que fait Properce au théâtre et cherchait, par ailleurs, à vivre de nouveau au bord de la mer, qu'il avait appris à aimer, poursuivait-il, en Alexandrie. Il se sentait également des affinités avec la Campanie, y ayant effectué quelques visites durant son enfance avec son père adoptif. Pour toutes ces raisons il avait accepté l'offre de mon époux. Il ajouta qu'il ne pouvait souhaiter mieux et qu'il se prenait d'affection pour Drusus, « votre fils qui est aussi charmant que rapide d'esprit », comme il disait.

·Colvmna· Lactaria·

Il proposa de me consulter à chaque étape du cursus qu'il établissait pour Drusus. Je lui demandai si le programme d'études serait très différent de celui des

Traduction Mair Verthuy

autres garçons du même âge et, devant sa réponse négative, lui fis comprendre que je lui faisais une entière confiance en la matière. Je parlai sur un ton guindé; je me demande maintenant si je donnais une impression de froideur. En vérité je ne souhaite en rien être mêlée à l'éducation de Drusus; Camillus est là pour justement m'en dégager.

Il acquiesça non sans témoigner d'une certaine surprise. Je l'assurai que je souhaitais naturellement être tenue au courant des progrès accomplis par mon fils.

« Nous nous retrouverons de temps en temps, ajoutai-je sans emphase, ici même, l'après-midi, voulez-vous ? »

Il accepta volontiers ma proposition comme si elle ne comportait rien d'extraordinaire. Peut-être était-ce effectivement le cas, et que le rouge me montait au front parce que moi seule comprenais ce que mes paroles avaient d'ambigu, moi seule comprenais qu'elles pouvaient s'entendre comme une invitation galante. Je me demandai sur-le-champ si telle avait été mon intention et le sentiment subit du désir qui m'empoigna au ventre me bouleversa. Je me levai immédiatement, ne me rendant même pas compte combien mon désarroi à mon insu me trahissait, et, bafouillant des excuses, partis rapidement. Ma façon de mettre fin à l'entretien était à peine correcte. De retour dans ma chambre, je constatai le tremblement qui m'avait saisie. Le souvenir m'en fait encore trembler : de honte ou d'anticipation, d'anxiété ou de joie ? En partie au moins, de joie. J'entends dans mon for intérieur une petite voix qui se réjouit : « Tu vois, tu n'es pas aussi morte que tu le pensais, tu peux encore vivre le désir. »

Nombreux sont les Chemins...

Mais l'idée fait peur, et une autre, encore pire, m'envahit : et si Properce avait engagé cet homme justement pour me mettre en appétit, s'il m'accordait par avance l'autorisation de coucher avec Camillus selon mon bon plaisir ! Comme s'il m'offrait cette belle créature en cadeau, pour se faire pardonner son impuissance.

Plus choquant encore: il me vient à l'esprit que si Properce a pu prendre la décision finale, c'est Eutarque qui serait à l'origine du projet. Peut-être Camillus est-il censé faire partie de ma thérapie, m'apporter le remontant nécessaire pour sortir de mes angoisses et de ma dépression.

Existe-t-il un fond de vérité dans ces hypothèses ou de telles pensées ne sont-elles que d'autres symptômes de ma maladie ?

Pauvre Camillus, être ainsi le jouet de mes fantasmes ! Qu'est- ce qui peut me faire croire qu'il aurait la moindre envie de devenir mon amant, même si Properce est devenu fou et Eutarque s'est changé en entremetteur, ce que je ne crois pas un instant.

Ce doit être la maladie. A l'avenir, il me faut réduire nos échanges au strict nécessaire et tourner ma langue sept fois dans la bouche avant de parler.

le 18 juin

Un nouveau rêve effrayant me réveilla au milieu de la nuit. Pendant quelques instants, tant il m'habitait encore, je crus, malgré mes yeux ouverts, qu'il n'avait pas pris fin.

Je me trouvais au Forum. On y voyait des

Traduction Mair Verthuy

promeneurs, des forains qui vendaient leurs produits, des enfants qui jouaient sur les marches du Temple. Tout paraissait normal, mais je ne pus secouer l'impression étrange qu'il se produisait quelque chose d'inexplicable. Puis je me rendis compte que toute cette activité dans la rue se passait en silence. Comme si j'avais été soudain frappée de surdité. Inquiète, je regardai par-dessus mon épaule et ce que je vis me pétrifia. Une immense montagne de boue avançait vers moi, balayant tout ce qui se trouvait sur son chemin. Elle était encore à quelque distance mais se déplaçait à une vitesse alarmante. Elle grossissait sans cesse, se transformant en raz-de-marée. Alors qu'elle arrivait sur moi, je m'aperçus qu'elle véhiculait plein de cadavres, les bras, les jambes, les torses de gens qu'elle avait avalés en route. Je voulus crier, mais aucun son ne sortait de ma bouche. Je fis de nouveau un effort mais toujours sans faire de bruit, puis me réveillai.

Pendant les heures qui suivirent, la peur m'empêcha de retourner me coucher. Qu'est-ce qui provoque de tels cauchemars, quelle en est la signification ? Offrent-ils une version déformée du présent ou laissent-ils présager l'avenir ? En proie à une grande nervosité, je quittai ma couche, appelant Scribonie pour qu'elle m'apportât une lampe et mes rouleaux; des heures durant je m'appliquai à recopier des passages de Lucrèce, tant et aussi longtemps que les dernières images laissées par le rêve n'avaient pas disparu pour laisser la place à un sentiment d'épuisement. Un peu avant l'aube, je réussis à me rendormir, mais d'un sommeil agité. La journée entière s'est ressentie de la grisaille de la fatigue; je me sens diminuée, rongée par l'épouvante; je n'arrive pas à secouer le pressentiment qui m'assaille.

Il me vient à l'esprit que le rêve pouvait n'être qu'un présage, qu'il prévoyait que des pensées et des images de la mort rempliraient ma journée. Il est possible que les rêves constituent le langage du corps, qu'ils annoncent l'approche d'un état de santé affaibli, fût-ce sur un mode exagéré; quel soulagement si c'était vrai.

L'on ne saurait ne voir qu'une simple coïncidence dans le fait que ce rêve suit de près ma sortie en ville l'autre jour, ma première depuis des mois. A ma grande surprise, je ne ressentais aucune anxiété. Au lieu de me répugner, les boutiques me plurent, ainsi que le visage des passants, même les graffiti aux murs (dans quelques jours auront lieu les élections municipales). L'après-midi fut entièrement agréable, exception faite d'un homme grognon qui mit de la mauvaise humeur à me servir quand je m'arrêtai dans une auberge pour prendre un rafraîchissement. Tout se passe comme si l'anxiété que je m'étais attendu à ressentir était revenue me hanter dans le rêve. Est-ce possible ?

le 23 juin

Le rêve se révéla un augure de maladie. Pendant trois jours, la fièvre, l'épuisement et une gorge enflammée me retinrent au lit. Eutarque, que l'on fit venir, me prescrivit des cataplasmes et des herbes. Le quatrième jour étant celui des Maternalia, le jour où l'on fête les mères, je sus que, tout en n'étant pas entièrement remise, je n'avais d'autre choix que de me lever.

Properce m'offrit une superbe chevalière, Lucile un bracelet en forme de serpent, et Drusus, un ensemble de rouleaux avec de charmantes illustrations et contenant un choix de textes par Ovide. Ce dernier m'est très cher, un cadeau tout à fait inattendu, le seul, me semble-t-il, à venir réellement du cœur. Le pauvre garçon n'était pas rassuré en me le présentant; je l'embrassai sur le front, le calmai en lui expliquant combien son cadeau me faisait plaisir, ce qui le fit rougir. Camillus était présent, et bêtement j'adressai ma conversation vers lui plutôt que vers Drusus, et sans que je m'en aperçoive, celui-ci s'éclipsa. Je ne le revis qu'à l'heure du dîner; il était alors si préoccupé, si silencieux, que je m'inquiétai de nouveau pour sa santé. Il mangea peu, ne faisant que grignoter. Mais il est toujours ainsi en présence de sa sœur, et, inévitablement, Lucile et Flavius dînaient avec nous.

Combien Lucile parle pour ne rien dire ! Elle affectionne surtout les potins et les déclarations exagérées au sujet de son emploi du temps chargé. Elle avait passé des heures cette semaine à apprendre à son nouveau coiffeur comment réussir les styles fort compliqués qu'elle

Nombreux sont les Chemins...

affectionne (elle refuse de porter la même coiffure deux jours de suite). De plus, dit-elle, elle avait eu plusieurs rendez-vous avec son courtier. Son quoi ? demandai-je. Elle parlait apparemment de celui qu'elle consulte pour connaître le meilleur moyen de faire fructifier les revenus qui viennent des propriétés de Flavius, en achetant des bijoux, par exemple, ou en rachetant des terres.

Je m'étonnai que Flavius écoutât les conseils de quelqu'un d'aussi jeune que Lucile. Il est vrai toutefois qu'elle est douée pour tout ce qui se rattache aux finances, et qu'elle consacre volontiers de longues heures à de telles questions, cherchant à faire des économies ou pesant ses « investissements », comme elle aime les appeler. Heureusement que Properce s'occupe des choses de ce genre pour moi; je gère le budget domestique avec l'argent qu'il me donne mais ne me préoccupe nullement du surplus, si surplus il y a.

Flavius a bonne mine. A chaque rencontre, je suis de plus en plus heureuse du choix que nous avons fait pour Lucile; en même temps, en sa présence, je suis souvent mal à l'aise, ne pouvant m'empêcher de penser qu'il mérite mieux que ma fille. Peut-être qu'avec l'âge Lucile surmontera sa vanité, mais d'ici là, les années risquent d'être difficiles, pour nous tous. Flavius semble être toujours amoureux d'elle cependant et fait preuve à son égard d'une courtoisie sans faille.

Quinze années les séparent, autant qu'entre Properce et moi, mais la différence de maturité entre eux me paraît infiniment plus grande que celle qui caractérisait le début de notre mariage, même si au moment de ses noces Lucile avait dix-huit ans révolus alors quc pour les miennes j'en atteignais à peine seize.

Si lui se montre tendre et attentif, elle en revanche se montre indifférente à son égard, ne le consultant en rien. Son attitude me paraît friser l'insolence, mais Flavius ne semble y voir que de la bonne humeur. Ce soir, elle but trois verres de vin, une quantité qui frôle l'excès ou presque, mais Flavius accepta très bien de voir sa femme légèrement ivre. Le repas terminé, j'avoue que je fus bien contente de pouvoir alléguer mon état de faiblesse et de les inciter ainsi à partir.

Comment à la vérité ne pas être gênée de voir Lucille se montrer aussi vulgaire devant Camillus ? Toute la soirée je le regardai, et pus constater, malgré ses airs aimables et respectueux, qu'il ne se faisait aucune illusion au sujet de ma fille. Loin de réagir à ses badinages, il esquiva ses propos galants, refusant de participer au jeu. Le soin qu'il apportait, chaque fois que l'occasion s'en présentait, à inclure Drusus dans la conversation me frappa. Qu'il est bon avec cet enfant, et que Drusus est heureux de recevoir tant d'attention ! Je sentis mon cœur ramollir.

Je compatissais également avec Properce qui faisait de son mieux pour masquer son découragement afin de ne pas jeter un froid sur ma soirée. Plus tard, lorsque nous pûmes discuter, j'appris que l'autorisation de monter Phèdre, même en traduction, qu'il avait demandée au magistrat avait été refusée.

Nous nous installâmes ici en partie parce que Properce avait cru qu'en Campanie il lui serait plus facile qu'à Rome de mettre en scène les pièces classiques. Il croit passionnément aux grandes œuvres des tragiques grecs, au point d'en faire presque une religion. Pour lui, le théâtre est la conscience de l'Empire, une force qui crée l'union chez les citoyens, en élève l'esprit, les empêche de se fragmenter en autant d'individus hostiles les uns aux autres. Parfois il me semble que si Properce regrette tant la République et voue une telle haine à l'Empire, c'est parce que ce dernier pratique la censure artistique et ne cherche à plaire qu'aux plus bas instincts de la populace. Les édiles ne laissent passer de nos jours que ballets et mimes; du vrai théâtre il ne reste presque rien. La raison officielle qu'ils avancent est que la population est devenue très polyglotte. A cause de l'arrivée massive et continue des « étrangers » (titre dont ils affublent les esclaves acquis par la force des armes), ceux qui parlent la langue romaine sont aujourd'hui minoritaires. Mais en réalité, l'actuel état lamentable du théâtre est à imputer aux Jeux du cirque. Dès qu'ils reprirent, le grand public abandonna les spectacles sérieux. La rentabilité exige que l'on ne montre que des

Traduction Mair Verthuy

œuvres dépourvues de toute nuance, de toute subtilité.

L'ironie veut que Properce choisît cette ville, croyant qu'il s'agissait de l'un des derniers lieux où le théâtre pouvait encore attirer les foules. Il y a longtemps, à l'époque de Néron, plusieurs dignitaires de Parthie en visite ici furent blessés lors d'une émeute qui eut lieu pendant un combat de gladiateurs; pour punir la ville, les Jeux furent interdits. N'ayant d'autre moyen de se distraire, les gens se précipitèrent au théâtre, en si grand nombre qu'il fallut en construire un deuxième. Properce eut la possibilité de travailler sur les plans avec l'architecte, et il s'ensuit que les installations correspondent à ses moindres désirs, mais les conditions si prometteuses au début de notre séjour n'existent plus. La construction du théâtre terminée, Vespasien leva l'interdit impérial, et les Jeux reprirent. Par conséquent, le théâtre périclita.

Properce en souffre, mais dignement, sans se plaindre. Il me rappela l'autre jour qu'aussi désagréables qu'elles puissent être aujourd'hui, les conditions étaient infiniment plus mauvaises à Rome du temps de son père. L'on frémit au souvenir des affreux spectacles que Caligula obligeait les réalisateurs à monter, des « drames infames » qui virent Oreste dépecé au sens propre par les lions ou Médée brûlée sur un vrai bûcher. Il va sans dire que les acteurs en question étaient des criminels déjà condamnés et non des comédiens professionnels; il n'empêche que la dégradation morale subie par les metteurs en scène assujettis à de telles exigences fut réellement intolérable. Ces horreurs n'existent plus, mais Properce a honte néanmoins des affreuses soties qu'il doit monter, des farces qui souvent ne dépassent guère la pornographie. Pour deux ou trois pièces « populaires » qu'il produit, on l'autorise à en monter une de valable, à condition qu'il puisse convaincre nos édiles qu'elle rapportera de l'argent.

Je crois qu'il me serait plus sympathique s'il se montrait plus honnête dans ses réactions, si une seule fois il faisait voir sa colère ou de l'amertume, au lieu de toujours afficher cette face patiente et imperturbable. Avant qu'il n'ouvre la bouche, je sais qu'il émettra un aphorisme quelconque, un de ses joyaux sur la nécessité de s'incliner devant le sort, d'accepter ce que les dieux nous offrent. Cela m'énerve.

Il ne se plaint pas mais il ne manifeste jamais aucun plaisir non plus. Avec moi il est toujours courtois, plein de sollicitude; avec les enfants, calme et bon.

Je m'en veux de me laisser irriter par lui, d'éviter si souvent sa compagnie; avec tous ses défauts, il n'en est pas moins un homme excellent. Parfois, quand il a été particulièrement gentil, l'idée m'effleure de lui rendre une visite nocturne, mais rien que la pensée fait frémir mon corps. Heureusement qu'il semble comprendre la situation et ne se montre donc pas entreprenant.

De plus en plus, durant mes moments d'oisiveté, mes pensées tournent autour de Camillus. Quand il quitte le champ de mon regard, son visage me hante encore longtemps; parfois j'essaye de m'imaginer en train d'habiter son corps, de ressentir ce qu'il ressent. Dans ma tête je le suis quand le soir il descend à la baie. C'est Scribonie qui m'apprit ce qu'il fait. Plusieurs fois, alors qu'elle ramassait des coquillages dans le sable, elle le vit debout sur le quai. Il regardait le soleil couchant, dit-elle, debout dans l'eau sur les roches, sans bouger. « Un jeune homme sérieux, n'est-ce pas, Madame, ajouta-t-elle, toujours en train de penser. » C'est vrai. Je payerais cher pour connaître ses pensées.

le 24 juin

Je retournerai faire ma deuxième visite à Stabiae d'ici quelques jours, pour emprunter les derniers rouleaux de *De rerum natura*. Je suis bien décidée à en terminer la lecture mais sans le même espoir d'y trouver la clef de mes problèmes. Ce qui commença si bien se révéla une déception. « Nous devons, bien sûr, dit-il, savoir comment se font les mouvements du soleil et de la lune et par quelle force chaque chose s'accomplit sur terre, mais nous devons surtout découvrir en faisant appel à notre raison raisonnante en quoi consistent l'esprit et l'âme et quelle est cette chose qui nous effraye l'esprit quand nous sommes en proie à la maladie, qui nous retrouve aussi pour nous faire peur quand le sommeil nous engloutit. Nous entendons dissiper cette terreur et ces ténèbres de l'âme en observant et en expliquant la nature. »

De tels passages éveillèrent ma curiosité, mais si en vérité Lucrèce explique « par la raison raisonnante » le fonctionnement des forces de la nature (étayant ses arguments, en ce qui me concerne, avec de trop nombreux exemples), je ne vois pas qu'il ait réussi à expliquer, ce qu'il avait pourtant promis de faire, « en quoi consistent l'esprit et l'âme et cette chose qui nous

Nombreux sont les Chemins...

fait peur quand le sommeil nous engloutit. »

Je porte peut-être un jugement trop hâtif; il est possible qu'il traite ces questions-là à la fin. Je ne peux cependant m'empêcher de penser qu'il est très doué quand il s'agit de poser des questions auxquelles il n'apporte pas de réponse ou de réclamer des victoires là où le combat fut esquivé. Il semble croire, par exemple, qu'en éliminant la foi, il éliminera toute crainte; comme si, en nous apportant la preuve que l'âme est mortelle et qu'elle périt avec le corps, il nous fait atteindre la paix de l'esprit. Tout meurt, comme il se plaît à répéter: « Les murs du grand monde lui-même seront pris d'assaut et, tombant en ruines, ils s'effriteront. »

Sans doute ce message est-il censé me soulager, comme si mon problème venait du fait que je crois ce monde insensé gouverné par des dieux ! C'est le contraire qui est vrai; je ne vois pas l'utilité de vivre parce que je ne perçois pas de dieux qui dirigent l'histoire, parce que je ne perçois aucun dessein, aucun plan, aucun sens dans le sort réservé aux humains. Ni dans celui réservé aux bêtes. Le chat préféré de Drusus a développé des calculs et nous devons mettre fin à sa vie. Il gémit à chaque fois qu'il urine; Drusus lui-même souffre terriblement de cet état de choses.

Certains passages dans l'ouvrage stimulent néanmoins l'imagination. Lucrèce souligne, par exemple, l'indissociabilité de l'esprit et du corps, disant : « Il est évident que la faculté du corps et celle de l'esprit ne sauraient rien ressentir séparément, chacune séparée du pouvoir de l'autre; la sensibilité s'allume dans la chair mais s'enflamme dans les mouvements vitaux des deux. »

« Sensibilité ... s'enflamme... mouvements vitaux » de l'âme et du corps. En lisant ce morceau, inévitablement je visualisai Camillus. Depuis quelque temps je l'évoque à tout bout de champ. Sa présence obsédante dans mes pensées finit par me tourmenter.

Est-ce que je n'accorde pas une importance exagérée à ces réactions en les transcrivant ? Ne ferais-je pas mieux de les taire? Eutarque me conseilla de ne négliger aucun des sujets qui me possèdent, mais je crains que, loin d'exorciser cette possession, le processus dans lequel je suis engagée ne l'amplifie plutôt. Je ne sais plus; je suis incapable de porter un jugement, pas plus que je ne suis capable de juger ce qui se produisit cette après-midi.

Alors que je me promenais dans le jardin, il vint me rejoindre, sous prétexte de rendre compte des progrès de Drusus. Après avoir terminé (et il ne tarissait pas d'éloges), il s'attarda. Je compris qu'il avait quelque chose à ajouter mais ne savait comment s'y prendre. Quand je le

Nombreux sont les Chemins...

poussai, il parla sur un ton hésitant de l'amitié physique qui se développait entre lui et mon fils. L'enfant l'avait à plusieurs reprises entouré de ses bras, fit-il, ajoutant qu'il ne l'en avait nullement découragé. Il voulait savoir si je souhaitais qu'à l'avenir il esquive de tels gestes. « Les rapports qui existent entre nous sont tout à fait innocents, expliqua-t-il, mais je ne voudrais pas que les apparences donnent l'impression contraire. Pardonnez-moi mon ingérence, mais cet enfant a besoin d'affection. Il est arrivé à un âge difficile qui poserait des problèmes même pour quelqu'un dont la santé est robuste. Son quatorzième anniversaire approche, n'est-ce pas ? »

« En septembre, répondis-je. Les préparatifs de la cérémonie vont bon train. »

Il hocha la tête.

« Je sais qu'il s'en réjouit à l'avance; il y a fait plusieurs fois allusion. Je ne serais pas étonné cependant que par la même occasion elle le remplisse de crainte. »

Camillus détourna les yeux, comme quelqu'un qui se demande s'il doit poursuivre. Il est très attachant quand il adopte cet air réfléchi; le sérieux allié à la grâce, voilà un mélange auquel je ne suis guère habituée. « A cet âge-là, reprit-il, chacun de nous rêve de revêtir la dignité propre à la conception que nous nous faisons de la virilité, mais qui en quelque coin caché de lui-même ne souhaite pas en même temps rester un enfant, car ne savons-nous pas que là justement se trouve la liberté ? C'est un âge tourné à la fois vers le devenir et vers le passé. Drusus souhaite sa majorité mais la craint aussi, car il craint de s'en montrer indigne. »

Je lui fis comprendre que je ne m'objectais nullement

à ce qu'il réponde aux embrassades de Drusus, exprimai même mon appréciation de l'intérêt qu'il lui portait. J'essayai de le dire sur un ton léger, mais j'eus de la difficulté à masquer mes sentiments. La phrase « L'enfant a besoin d'affection, » m'avait déchiré le cœur. Quelle sorte de femme, pensai-je, engage un inconnu pour combler les besoins affectifs de son fils?

Camillus dut, au moins en partie, ressentir mes réactions, car, à ma grande surprise, il me fit une suggestion. Il avait continué avec Drusus les leçons de latin, ce qui entraînait nécessairement la déclamation des vers. « Votre fils, m'assura-t-il, a une excellente oreille pour la prosodie, mais je crois qu'il préfère votre lecture à la mienne. Il prétend, non sans raison, j'en suis persuadé, que votre voix est plus mélodieuse que la mienne. Voudriez-vous envisager de refaire avec lui une séance hebdomadaire de lecture ? Je suis sûr que vous lui manquez beaucoup et que sa santé s'améliorerait s'il vous voyait plus souvent en tête-à-tête. Il fit une pause, me laissant le temps de réfléchir, avant d'ajouter: Veuillez me pardonner si je me permets des libertés, mais j'ai pensé vous le demander, sachant que si vous me trouviez indiscret, vous n'hésiteriez pas à me le dire. »

Les yeux baissés, je rougis, me demandant s'il était insensible à l'ambiguïté de sa requête. Ne cachait-elle pas d'ailleurs une tentative de déterminer le degré d'intimité que j'autorisais entre nous ? Sa dernière remarque n'était pas qu' « indiscrète » ; elle pouvait facilement se laisser interpréter comme une insolence, un reproche qu'il me faisait au sujet de la froideur de ma conduite envers mon fils. Il était conscient du risque qu'il courait, je le voyais bien, et le courage dont il faisait preuve en articulant ainsi sa pensée m'impressionna. M'impressionna aussi sa délicatesse, car il avait formulé le reproche, si reproche il y avait, avec une grande douceur.

Après y avoir réfléchi, je m'aperçois maintenant que l'indiscrétion ne résidait pas tant dans la requête elle-même que dans quelque chose de plus complexe. Je crains moins la perspective d'établir des liens plus profonds avec Drusus (encore qu'un tel geste n'est pas sans poser problème) que celle d'établir des rapports plus intimes avec Camillus, résultat inévitable d'un tel projet puisqu'il aboutirait à de plus fréquentes rencontres tant avec Camillus qu'avec Drusus. Est-ce possible qu'il ne se rende pas compte de l'agitation provoquée en moi par sa présence physique ?

En proie à une grande nervosité intérieure, je promis cependant de me plier à sa suggestion au sujet de cette rencontre hebdomadaire de lecture. Je demandai s'il fallait continuer la lecture de Virgile, mais il proposa à la place quelque chose de plus léger, afin que l'occasion soit « toute consacrée au plaisir. » Nous convînmes de laisser Drusus libre du choix, après quoi il s'inclina avant de me quitter.

Sa proposition était bien intentionnée; je lui suis reconnaissante de l'avoir faite, quelles que soient les complications qu'elle entraînera. Au lieu de voir dans son geste une outrecuidance ou une tentative inconsciente de séduction, je peux également, si tel est mon vœu, y voir le désir de m'assurer qu'il n'entend nullement me remplacer dans l'affection de Drusus. Ou, encore mieux, y voir une volonté de guérison : celle de Drusus, bien sûr, mais aussi la mienne, comme s'il pressentait toute la douleur qui découle du gouffre qui nous sépare et cherchait à la combler.

Qu'est-ce qui fait que cet homme m'attire autant ? J'essaie de me convaincre que seule sa beauté m'émeut, mais il y a autre chose encore. Il fait vibrer en moi quelque chose de plus profond, quelque chose qui m'effraye. J'essaie de ne plus penser à lui mais toutes mes résolutions en ce sens sont vaines; j'anticipe avec impatience nos rencontres futures.

le 25 juin

Depuis quelques jours, mon apparence me préoccupe plus qu'à l'ordinaire. Ce retour de la coquetterie annonce-t-il une amélioration dans mon état de santé ou laisse-t-il plutôt présager une plus grande morbidité ? A chaque fois que le miroir me renvoie mon image, je suis rebutée... Le visage est maigre et fatigué, la peau n'a plus l'éclat de la jeunesse. Dans mes moments de dépression, cela me préoccupe peu, car ou je ne prends pas la peine de me regarder ou le visage dans le miroir me paraît lointain et sans importance. Maintenant que je vais mieux (si tel est le cas), je me surprends en train de me demander s'il ne faudrait pas me procurer certaines de ces décoctions que l'on vend dans les salons qui se trouvent aux thermes, ces mélanges de miel et de lait d'ânesse, provenant, d'après les marchandes, des recettes secrètes de Poppaea.

Normalement je méprise de telles préoccupations comme autant de manifestations d'une coquetterie malsaine, mais aujourd'hui il me semble que je devrais me prendre davantage en main, me faire coiffer, par exemple, de façon plus seyante. La femme qui, dans le miroir, retourne mon regard me paraît tristement amorphe et privée de toute importance.

le 27 juin

A Stabiae hier, dès l'entrée, Brytha vint me retrouver, indiquant que sa maîtresse désirait me voir. Cette nouvelle me déconcerta. Sa maîtresse - l'épouse de Pomponius - se trouvait donc sur les lieux? Ma nervosité s'accrut; je ne m'étais pas préparée à une rencontre avec les propriétaires de la villa. Brytha me mena vers un patio secondaire où une très belle femme vêtue d'une robe jaune pâle se trouvait allongée sur une couche. Elle se leva pour me recevoir, tendant gracieusement la main. « Je suis Clio, fit-elle, d'une voix aussi harmonieuse que l'était l'ensemble de ses traits. Vous nous faites honneur en visitant notre maison et nous sommes heureux de vous y recevoir. L'on m'a beaucoup parlé de votre mari, pour qui Pomponius n'a que des louanges. »

Je m'assis en face d'elle où il me fallait de gros efforts pour ne pas la regarder fixement. Peu étonnant qu'elle puisse se permettre de s'entourer de jeunes beautés comme Brytha : elle est probablement la plus belle femme que j'aie jamais vue : élancée, pleine de grâce, avec une épaisse chevelure noire, une peau lisse et mate, d'immenses yeux verts. Sa démarche est celle d'une danseuse, son port et son attitude révèlent une grande assurance, presque royale.

Elle donnait aussi l'impression d'être très intelligente. Elle sut m'inspirer confiance, me disant sa joie d'apprendre que je reprenais des études, se félicitant que quelqu'un veuille bien profiter de la bibliothèque en leur absence. Elle me demanda par quels ouvrages j'avais commencé, sourit en entendant le nom de Lucrèce. « Je vois qu'Eutarque vous a mise au régime des Stoïques, dit-elle, sur un ton légèrement désapprobateur. Il est vrai cependant que certains se sont nourris à cette source, et pourquoi ne pas commencer par-là ? Si toutefois vous développez une indigestion, je suis sûre que vous passerez à autre chose, n'est-ce pas, auquel cas j'espère que vous me permettrez de vous faire quelques suggestions : je connais bien notre collection. »

Je lui répondis que je serais à tout instant heureuse de recevoir ses conseils; la conversation porta ensuite sur les derniers événements à Rome. Le plus récent scandale concerne la princesse Bérénice, de retour à la capitale. Vespasien l'avait exilée en Judée il y a quatre ans, mais, voyant l'altération dans l'état de santé de l'empereur, elle aurait osé revenir et reprendre au vu et au su de tous sa liaison avec Titus. Le bruit court même que celui-ci entend l'épouser bien qu'elle soit de religion juive et qu'elle ait vingt-huit ans de plus que lui. L'on craint que les soucis provoqués par la conduite de son fils n'écourtent la vie de Vespasien.

Je demandai si les sénateurs et rhéteurs dénonçaient Bérénice sur la place publique, fomentant des troubles comme ils l'avaient fait quatre ans plus tôt. Bizarrement, il semble que cette fois-ci la dénonciation se fasse plutôt en sourdine.

Traduction Mair Verthuy

« Peut-être, avançai-je, que tous sentent que le pouvoir est en train de passer de Vespasien à Titus et que personne ne souhaite s'aliéner ce dernier. »

« C'est possible, répondit Clio, mais il faut aussi envisager la possibilité que le public accepte mieux aujourd'hui l'idée d'une femme en haut lieu. Vous savez, elle est réellement extraordinaire. Je l'ai connue, brièvement, lors de son dernier séjour à Rome. Elle possède une fortune immense, bien sûr, et elle est très belle, même à cinquante et un ans, mais elle est surtout supérieurement intelligente. Quelle autre raison Titus pourrait-il avoir d'être aussi entiché d'elle, à moins qu'elle ne soit un peu sorcière ? Il est évident qu'elle exerce un certain pouvoir sur lui. »

Le même pouvoir qu'exerce Clio elle-même, pensai-je, car j'allais d'émerveillement en émerveillement. Elle parlait d'un ton léger comme s'il ne s'agissait que de platitudes, mais elle donnait l'impression que, derrière ce qu'elle disait, se cachait un mystère, la suggestion qu'il existait des mondes dont je ne savais rien, et pas uniquement celui de la haute société. Je m'étais attendue qu'elle adopte pour parler de Bérénice le même ton que les autres, car celle-ci a la réputation d'être une aventurière étrangère de la pire espèce, mais voilà que Clio la défendait.

Peut-être qu'aujourd'hui les préjugés contre les Juifs sont aussi moins forts, fis-je; à cette remarque, Clio se mit à rire, comme si j'avais voulu faire de l'ironie.

« Vous avez raison, ajouta-t-elle, je suis une grande sentimentale. Sans doute perdra-t-elle la lutte et finira-t-elle exilée, mais pour de bon cette fois. Vespasien est

Nombreux sont les Chemins...

peut-être affaibli mais il n'est pas pour autant impuissant, et il y en a d'autres que lui qui s'opposent à Bérénice et à tout ce qu'elle représente. »

Je me demandai ce qu'elle entendait par cette remarque mais n'osai le lui demander de peur de paraître trop curieuse.

Cette femme possède manifestement une grande culture. Elle m'expliqua qu'elle est originaire d'Athènes, sans toutefois ajouter le moindre renseignement sur sa famille ou sur ce qui donna lieu à ses fiançailles avec Pomponius. Elle sera ici de temps à autre cet été; l'atmosphère de Rome lui paraissant parfois trop chargée, et elle sent le besoin ici et là de s'en évader. Elle ajouta qu'elle espérait à l'occasion avoir le plaisir de me revoir; je compris que le moment était venu de la quitter. Je crois qu'elle voulait me faire comprendre que je ne serais pas constamment dérangée durant mes futures visites.

Je m'acheminai donc vers la bibliothèque où je consacrai ce qui restait de l'après-midi à Lucrèce, refusant de céder à la tentation de me promener dans le jardin. Je réussis à aller jusqu'au bout du volume IV, que je n'avais jamais lu auparavant. Il porte surtout sur les sens et contient quelques remarques fort curieuses. Lucrèce prétend, par exemple, que la foi prend ses origines dans les rêves de l'homme. Ne trouvant rien dans le monde réel qui soit à l'abri de la souffrance ou de la mort, l'homme rêva de figures idéalisées. « Dans son sommeil, il vit ces créatures accomplir des miracles sans pour autant manifester la moindre fatigue. Il leur attribua ainsi des pouvoirs surnaturels. Nous créons les dieux, affirme-t-il, parce que nous ignorons tout des opérations des forces de

Traduction Mair Verthuy

la nature; ensuite, mûs par une terreur superstitieuse, nous nous prosternons devant eux pour nous les rendre propices. »

Son irrévérence m'amusa comme m'amusèrent ses remarques sur la sexualité. Je me suis fait dire que les disciples d'Épicure, parmi lesquels Lucrèce figure en bonne place, attachent la plus haute importance morale aux plaisirs de la chair. Si tel est le cas, Lucrèce est loin de l'épicurisme. Quelle ne fut pas ma surprise de le voir écrire en termes négatifs du plaisir de l'amour, qu'il décrit le plus souvent comme un piège, un encouragement à la folie et à la douleur. Il reconnaît certes le pouvoir de Vénus et admet sans difficulté que c'est dans la nature des choses que le mâle recherche la femelle; il pousse la modernité jusqu'à avancer que la femelle aussi recherche et éprouve du plaisir dans l'étreinte. « Aussi, je le réitère, la volupté est partagée. »

Il nous recommande cependant de fuir l'approche de la passion, d'être sur nos gardes à l'avance afin de ne pas y succomber. « Il est plus facile d'éviter de se faire prendre dans les rets de l'amour que de s'en libérer une fois pris et de secouer l'emprise de Vénus. »

Bizarre. Il s'imagine Vénus sous forme de chasseresse, se servant de l'amour comme d'un rets pour piéger ses victimes. Il semble la confondre avec Diane. Mais pourquoi présenter l'amour sous ce jour si défavorable ? Que craignent-ils au juste, les hommes ?

Son excentricité ne se borne pas à cela. Le passage où il ose dire à la femelle qu'elle ne doit se permettre aucun mouvement durant l'acte sexuel m'a passablement offusquée. « Ses déhanchements éventuels, annonce-t-il, la rendent inapte à concevoir, car elle détourne ainsi le soc du sillon tracé et empêche le grain de s'implanter. » Il ajoute que seules les femmes de mœurs légères se meuvent au même rythme que les hommes, leur but étant d'éviter la conception en même temps qu'elles offrent du plaisir à leur partenaire. Quel imbécile ! Comme si le mouvement de notre corps n'était pas gouverné par le plaisir; cela a vraiment peu de rapport avec la contraception. De toute manière, il existe des méthodes anticonceptionnelles beaucoup plus efficaces que celle qu'il propose.

Dans l'ensemble, il s'agit d'un ouvrage où se mêlent étrangement la sagesse et la bêtise. Je serai contente d'en finir.

Il y eut hier une éclipse partielle du soleil. Je me trouvais à l'extérieur en train de couper des fleurs quand je sentis le ciel se noircir. Aurais-je été davantage effrayée si je n'avais rien su des forces de la nature à l'œuvre, si l'attitude de Lucrèce ne m'avait pas en fait influencée ? L'événement dérangea beaucoup les esclaves; je trouvai Scribonia recroquevillée dans un coin, les yeux fixes et exorbités. Il me fallut un long moment pour la calmer.

Ma réaction fut moins la peur qu'une impression de déroute, et à cela les explications de Lucrèce n'offrent aucun remède. Je sais bien que le phénomène de l'éclipse obéit à des règles très précises, qu'il se répète avec le temps et passe avec lui, qu'il n'annonce aucun cataclysme, ne nous offre aucune raison de croire qu'un jour la lumière du soleil pourrait soudain s'éteindre. Le problème est ailleurs; notre esprit fonctionne de telle manière qu'il ne peut s'empêcher de se demander : « Et si... » Nous avons beau vouloir nous fier à la seule raison, la question : « Et si... » se pose malgré nous. Comment d'ailleurs s'empêcher constamment de penser : « Et si le soleil un jour s'éteignait effectivement... » Là-dessus un frisson nous saisit, car notre corps réagit aussi bien à ce qui se passe dans notre tête qu'à ce que ressent notre peau. Malheureusement je ne conçois que trop bien un monde totalement dévasté; c'est là la matière de mes rêves.

Mon imagination travaille trop; c'est pour m'en sevrer que j'entreprends ce programme d'études. Quelque part cependant une partie de moi résiste, comme si je refusais de croire tout à fait que la guérison est à préférer à la maladie.

le 1er juillet

Voici quelques jours que je n'ai pas eu l'occasion de me retrouver seule avec Camillus mais j'ai eu un échange très chaleureux avec Drusus. Il a meilleure mine, a pris quelques couleurs; il semble même avoir grossi un peu, son visage me paraît moins maigre.

Nous nous embrassâmes et je l'interrogeai sur les progrès accomplis dans ses études. « Camillus m'apprend bien des choses passionnantes, dit-il avec enthousiasme. Vous a-t-il parlé de ma déclamation d'hier ? Il m'avait fixé comme sujet : « il est proposé que Rome s'en tienne à ses frontières actuelles et renonce à d'autres conquêtes territoriales. » Je devais faire semblant d'être Brutus, avant la guerre civile, en train de s'adresser au Sénat. J'ai mis des heures et des heures à préparer la déclamation, mais le résultat était là. Du moins Camillus l'a trouvée bonne. « J'en suis persuadée, Drusus, fis-je, mais c'est un sujet tout à fait original. Pourquoi Camillus a-t-il choisi Brutus ? »

« Brutus était pour la République, mère, répondit-il sur un ton très patient. Ce sont les guerres coloniales de César qui ont détruit la République. »

Je le regardai, non sans une certaine affection amusée. « L'armée est devenue trop puissante, continua-t-il, comme si quelqu'un lui avait appris son discours. C'est elle qui a porté Jules César au pouvoir et c'est elle qui depuis choisit tous les empereurs. De plus, avec tous ces prisonniers ramenés des guerres, le prix des esclaves a chuté; comme ils ne coûtaient pas cher, on pouvait dorénavant s'en servir pour travailler la terre. Il en est résulté que de nombreux petits cultivateurs ont fait faillite; au lieu donc d'être une société composée d'hommes égaux et indépendants, nous sommes aujourd'hui une société de riches et de pauvres, avec quelques très riches propriétaires et un nombre incroyable d'esclaves. Dans ces conditions-là une République est impensable. »

Son sérieux me fit sourire; je lui fis néanmoins des remontrances, lui rappelant que la majorité de la population se composait d'affranchis, qui n'étaient ni riches ni esclaves.

« Ce sont les pauvres qui constituent la majorité, mère, me rétorqua-t-il, et du point de vue politique, ils ne sont pas plus libres que les esclaves. La plupart sont si pauvres que n'importe quel Sénateur qui en aurait envie peut acheter leur vote. Jules César n'a pas fait autre chose. Il a gratifié ses soldats de mille drachmes chacun; de plus il a fait distribuer des cadeaux à des milliers d'autres électeurs. »

« Tout cela est peut-être vrai, répondis-je, car, tout en étant quelque peu étonnée par cette perspective originale sur l'histoire, je ne souhaitais pas mettre en doute l'autorité de Camillus. Mais ne crois-tu pas, Drusus, qu'un tel discours dans la bouche de Brutus aurait été perçu comme contraire aux intérêts de la patrie ? Le pouvoir exercé par Rome sur d'autres pays n'a pas eu que des effets néfastes. Nos conquêtes, comme il te plaît de les appeler, ont fait pénétrer la civilisation là où, avant l'arrivée de nos armées, elle était inconnue. Là où les gens se peignaient le visage en bleu et pratiquaient le sacrifice humain. Ils vivaient dans des conditions atroces; nous leur avons apporté le droit, l'art, les routes, l'irrigation, l'éducation. N'es-tu pas d'accord que les peuples à l'intérieur de notre empire vivent mieux depuis notre arrivée ? On ne devrait pas balayer aussi facilement tout ce que César a accompli. »

« Il y a une part de vérité dans ce que vous dites, bien sûr, Mère, mais il me semble que Camillus aussi dit la vérité. » Drusus fronça les sourcils. De toute manière, il a apprécié ma déclamation.

Je m'empressai de lui dire que sans doute moi aussi je l'apprécierais, puis lui proposai que nous reprenions nos séances hebdomadaires de lecture. Je lui demandai sa préférence, lui indiquant qu'il était libre de son choix.

« N'importe quel poète, mère? demanda-t-il, et, me voyant acquiescer, ajouta rapidement : Ovide alors. » Sans réfléchir, j'y consentis. « C'est vrai? persista-t-il. Vous ne m'avez pas demandé quel livre de lui. »

« Je supposais que tu voulais lire *Les Métamorphoses.* » répondis-je, mais non, poursuivit-il, il voulait lire *L'Art d'aimer*. Sa réponse me troubla. Je n'avais pas cru Drusus d'un caractère taquin, mais il m'était difficile de croire qu'il proposait en tout sérieux que je lui lise à haute voix un ouvrage sur l'art de la séduction. Je le grondai, lui rappelant que ce texte était interdit depuis le décret d'Auguste, mais il me demanda alors pourquoi nous en possédions un exemplaire si la loi nous l'interdisait. J'expliquai qu'il n'était pas illégal d'avoir le livre sur nos étagères s'il était déjà en notre possession avant le décret, que l'exemplaire que nous en

avions était celui de son grand-père, dont Properce avait
hérité. A cette époque-là, l'avoir en sa possession
indiquait que l'on croyait à la liberté d'expression, ajoutai-
je. C'était la marque d'un esprit républicain. »

« Pourquoi ne pouvons-nous pas le lire alors ? fit-il,
sur un ton faussement innocent. Ne sommes-nous pas des
Républicains ? »

Je lui fis comprendre qu'une conduite acceptable
chez un adulte ne l'est pas toujours chez un enfant et que
je m'étonnais même qu'il eût osé en faire la proposition.
Il voulut ensuite savoir si nous pouvions le lire quand il en
aurait l'âge, « quand il aurait quatorze ans. » Je reconnus
qu'il avait marqué un point mais ajoutai qu'il serait alors
également en âge de le lire tout seul. Pour éviter d'autres
ergotages, j'annonçai que ce serait *Les Métamorphoses*
ou rien.

« Je lirai à partir de l'exemplaire que tu m'as offert,
celui qui est si joliment illustré. » Mon ton se faisait
persuasif, et il se laissa convaincre (sans doute était-ce ce à
quoi il s'était de toute manière attendu) et nous
convînmes du jeudi à midi.

Voilà le premier aboutissement de la suggestion de
Camillus.

le 2 juillet

Dîné hier soir avec Marcus et Æmilia qui partent
sous peu pour Rome. Quel plaisir de se trouver de
nouveau chez eux. Æmilia avait fait refaire le *triclinium*
avec ses trois lits traditionnels, et les nouvelles fresques

murales aux tons de gris et de violet créent une atmosphère extraordinaire de calme. On ne saurait imaginer plus agréable soirée, de la cuisine, très variée et finement préparée, à la musique, en passant par la conversation. Qu'il est reposant d'être entouré de gens dont la perspective sur le monde est si proche de la sienne que l'on n'a pas à être toujours sur ses gardes ni à craindre une soudaine dissonance ! Tous les quatre, nous nous connaissons de très longue date; nos quelques différences - et elles sont vraiment peu nombreuses - nous sont si bien connues que nous les évitons sans difficulté aucune. La conversation coule donc sans heurt, ponctuée de quelques intervalles de silence qui nous permettent de nous détendre et d'absorber le doux bruit de la fontaine.

Properce la fit démarrer en demandant des nouvelles de la situation théâtrale à Rome. D'après Marcus, elle serait même pire qu'ici. Une représentation récente d'*Antigone* joua à salle à moitié vide tandis que dans la rue la foule se battait à l'entrée de l'hippodrome pour voir les courses de quadriges, ces vieux chars tirés par quatre chevaux. Selon Æmilia, les murs sont placardés d'images des auriges, comme il faut bien appeler ces conducteurs de chars. L'obsession du jeu s'intensifie constamment, et les Jeux s'accompagnent actuellement d'un grand essor de la violence.

Nous discutâmes de l'éventuelle signification de ce phénomène. Marcus prétendait que l'on n'entendait plus, aux bains, à l'agora, dans les lieux d'enseignement même, que des arguments concernant la force ou la faiblesse des gladiateurs ou auriges à la mode. Cette manie du jeu aurait mis sur la paille de nombreuses familles. Properce y voyait plutôt encore un indice de l'effritement de l'ordre social, qui lui-même résultait de l'incapacité des dieux officiels ou de l'état de s'attirer l'allégeance des membres de la communauté. Sans la foi, la vertu n'avait plus aucune raison d'être, disait-il, et le vide qu'elle laissait se voyait combler par un vil matérialisme.

Marcus tomba d'accord avec lui mais proposa une autre explication : le trop grand nombre de religions. « Pourquoi suivre les prescriptions d'une seule foi, demanda-t-il, alors qu'elles sont si nombreuses à vouloir nous persuader qu'elles seules détiennent toute la vérité ? Elles n'ont plus aucun crédit auprès des gens. La religion aujourd'hui n'est autre chose qu'un vaste marché où divers prêtres mettent de l'avant leur marchandise. Le problème prend sa racine dans l'arrivée massive dans la ville de tous ces étrangers. Nous ne pouvons pas leur fermer nos portes car nous en avons besoin comme main-d'œuvre, mais il va de soi qu'ils ramènent avec eux leurs dieux, qu'il serait oiseux de vouloir interdire. »

Voulant savoir si ces étrangers portaient le même intérêt aux Jeux que les Romains, je me fis répondre par Marcus que l'on pouvait difficilement en juger mais que, à l'exception des Juifs qui, bien sûr, s'en détournaient, la plupart d'entre eux semblaient effectivement partager la même passion. Je m'interrogeai sur la source de leur popularité. Pour Æmilia, cette obsession des Jeux correspondait à une vision du monde qui concevait tout en termes de défaite ou de victoire, ce qui reflétait bien la nouvelle importance de l'armée. En général, argua-t-elle, les combats de gladiateurs ne pouvaient se justifier que de deux façons : soit qu'ils servaient à décourager le crime (car la majorité de ceux qui y trouvent la mort sont des criminels), soit que le courage dont faisaient preuve les condamnés à mort, en habituant le peuple au spectacle de la douleur, favorisait chez celui-ci le développement de valeurs telle que 1'« endurance Spartiate. »

« Mais pourquoi attacher tant d'importance à une telle valeur? continua-t-elle. Ce n'est une vertu qu'en temps de guerre. Si Rome ne maintenait pas tant d'armées, nous ne serions pas toujours en train d'étendre nos frontières au dépens des autres nations; si nous pratiquions la diplomatie au lieu de nous battre, nous n'aurions pas besoin de ces sports violents pour nous habituer au spectacle de la guerre. »

Marcus opina mais indiqua néanmoins sa préférence pour la thèse de Properce, selon laquelle la popularité croissante des Jeux correspondait à un déclin dans la foi divine.

Traduction Mair Verthuy

Toute société qui propose pour seul but à ses citoyens la poursuite des biens matériels n'est qu'un désert. Les Jeux sont une façon de remplir des vies dépourvues de toute signification, de faire croire aux gens, au moins temporairement, que l'existence a un sens, celui de « gagner. » Ce que l'on gagne, la valeur du prix, voilà des questions sans importance. Le spectateur ne vit que pour la « victoire » et la bouffée de pouvoir qui l'accompagne quand son favori l'emporte. C'est pourquoi, il me semble, les sports sont aujourd'hui plus violents, pourquoi dans les combats de gladiateurs la mise à mort est de plus en plus courante, car il y a non seulement le plaisir du gain si l'on a parié sur le gagnant, mais il y a aussi l'exaltation que donne le pouvoir de vie ou de mort sur le perdant. Après tout, il suffit d'un simple geste du poignet pour qu'un homme ait la vie sauve ou qu'il la perde. »

Æmilia prit la parole.

« Mais cette exaltation dont vous parlez, ne pourrait-elle aussi venir du fait que le spectateur a l'impression qu'en un sens il surmonte la mort?

Les combats de bêtes féroces, par exemple, sont-ils autre chose que la mise en scène d'un drame symbolique dans lequel l'homme triomphe de cette partie de sa propre nature qu'il craint le plus ? Si j'en juge par les descriptions que l'on m'en a faites (car il me faut avouer que je n'ai jamais assisté à de tels spectacles), ils ne diffèrent pas beaucoup, en ce qui concerne le thème, de certaines grandes pièces de théâtre dans lesquelles la civilisation l'emporte sur le mal barbare. »

Properce, bien sûr, protesta, s'objectant de façon très

vigoureuse à toute comparaison entre le théâtre et les sports meurtriers du cirque. Peu importe la signification symbolique de ces combats, il n'en demeurait pas moins que la chair qui s'y trouvait lacérée, le sang qui s'y versait, étaient authentiques. Un tel carnage, affirma-t-il, ne pouvait donner naissance à la vertu. Seul un fou pouvait prétendre qu'un spectateur tirerait de ces spectacles sanglants la même valeur cathartique qu'Aristote attribue au théâtre tragique. Contrairement à ce qu'avançaient certains, la présentation d'une violence réelle, loin de purger les émotions agressives, les exacerbait. Comment expliquer autrement l'énorme montée de crimes violents que l'on rapportait aussi bien à travers tout l'Empire que dans la capitale, où les vols et les agressions contre la personne se multipliaient, même en plein jour? Il cita les paroles de Sénèque : « Je reviens des joutes plus assoiffé, plus cruel et inhumain d'y avoir été entouré d'êtres humains. » Non, continua-t-il, en secouant la tête, notre passion des Jeux signifie simplement que notre société s'abandonne de plus en plus à ses plus bas instincts. Nous vivons à une époque décadente. Le temps de la piété est révolu, de l'honneur il ne reste plus que le nom. »

Il poussa un soupir mélancolique mais se reprit, ajoutant d'un ton moralisateur, comme il avait coutume de le faire, qu'il y voyait une raison supplémentaire pour nous de cesser de nous plaindre de tout ce qui échappait à notre contrôle, pour nous préoccuper des seules affaires qui relevaient de notre compétence.

L'on sollicita mon opinion, et j'exprimai mon accord avec Æmilia, ajoutant que, l'histoire de Rome étant faite de conquêtes et que les armées n'en ayant pris que plus d'importance, cette situation ne pouvait qu'avoir poussé les citoyens à n'envisager le monde qu'en termes de perte ou de victoire. « Cela étant, repris-je, depuis plus d'une décennie, l'Empire n'est plus en guerre; les frontières actuelles ne semblent pas en cause. Peut-être alors pourrait-on voir dans cette passion des Jeux un signe encourageant; peut-être qu'elle permet aux hommes d'y assouvir leurs pulsions guerrières. »

Je voulais développer cette idée, mais Marcus m'interrompit.

« Je n'ai pas votre certitude, dit-il, au sujet de nos frontières actuelles. Que savons-nous pour l'instant de Titus, sauf qu'il est excellent général ? Si les Parthes continuent de vouloir subvertir la province arménienne, nous pourrions bien entreprendre une guerre avec la Parthie. Je suis loin d'être sûr que nous nous contentions de nos limites actuelles; rien ne nous le garantit. Tant qu'il restera un coin du monde dont notre commerce n'est pas maître, nos marchands voudront le voir soumettre et nos généraux ne seront que trop heureux de leur rendre ce service. Souvenez-vous que ce sont ces derniers qui donnent la légitimité aux empereurs, quand encore ils ne remplissent pas eux-mêmes cette fonction, comme le fera bientôt Titus. »

Son discours me rappela le thème que Camillus avait fixé à Drusus pour sa déclamation, mais que j'hésitais à mentionner sans en avoir parlé au préalable avec Properce.

Celui-ci intervint à ce moment-là. « Même Titus ne songerait pas à entreprendre les Parthes. Il sait qu'une telle aventure aboutirait à notre destruction mutuelle. Rome est trop faible sur le plan intérieur pour une opération aussi importante, nos troupes sont trop éparpillées, et cela les généraux le savent mieux que quiconque. Nous avons déjà de la difficulté à recruter des cohortes pour contrer les rébellions dans nos territoires germaniques ; il est hors de question que l'on puisse lever de nouvelles armées pour nous battre contre la Parthie et l'occuper. Où irions-nous chercher nos soldats ? Chez les esclaves ? Chez les mercenaires ? Nos richesses ne sont pas inépuisables. Les dépenses actuelles de l'armée risquent déjà de vider le trésor public. Non, je donne raison à Claudia, nous avons atteint nos limites; ce n'est pas demain la veille que nous irions chercher de nouvelles conquêtes. Bien évidemment, prononça-t-il après une pause, qui peut exclure la possibilité de la folie en haut lieu ? Nous savons tous que nos Césars, tout dieux qu'ils puissent être, n'ont pas toujours suivi les voies de la raison. »

« Justement, fit Æmilia, êtes-vous au courant, Claudia, des nouveaux édits qui demandent aux femmes de produire des familles plus nombreuses? Même sans la guerre avec la Parthie, Rome a besoin de soldats, et, d'après Vespasien, qui nous exhorte bruyamment à la fécondité, porter d'autres enfants relèverait de notre devoir civique. Le Sénat examine l'opportunité d'une nouvelle loi recriminalisant l'avortement. De plus, ils envisagent apparemment de ne nous autoriser à demeurer veuves ou divorcées que pendant seize mois au lieu des dix-huit mois actuels, au risque de perdre la moitié de notre dot. Où allons-nous ? »

Cette chère Æmilia me manquera. Sa personnalité vive me réconforte ; nous ne les fréquentons pas assez. Ils nous poussent, bien sûr, à leur rendre visite à Rome, mais je ne crois pas être en mesure encore d'entreprendre un tel voyage. Peut-être plus tard cet été si mon état d'esprit continue de s'améliorer.

Je me demande si je devrais interroger Camillus sur sa version de l'histoire qu'il enseigne à mon fils. Il est clair qu'elle diffère quelque peu de la version reçue. Je ne voudrais pas cependant que mon intervention soit perçue comme un reproche ou, pire encore, une censure. Je ne tiens pas du tout à paraître intolérante, mais je ne veux pas non plus que mon fils absorbe trop d'idées dangereuses. Du moins, pas avant d'avoir atteint l'âge de raison.

Nombreux sont les Chemins...

La solitude de cet enfant me préoccupe.

Properce devrait lui consacrer davantage de son temps. Pourquoi ne pourrait-il pas l'emmener de temps en temps au théâtre, surtout que maintenant Drusus se porte mieux ? Je proposerai cette idée à Properce, mais j'aurais préféré qu'il y pense tout seul.

Bizarre. J'ai toujours trouvé normale la formalité qui caractérise les rapports entre Properce et Drusus, comme si tout père devait se conduire ainsi avec son fils. Mon père agissait de cette sorte avec moi; toujours parfaitement aimable, mais distant en même temps et préoccupé. Ces manières me paraissent maintenant creuses, insuffisantes, comme me paraissent creuses la tranquillité d'esprit et cette humeur égale dont Properce est si fier. J'y vois aujourd'hui une absence de sentiment,

Traduction Mair Verthuy

un divorce entre l'esprit et les sens dont je me méfie. Ce qu'il avança ce soir au dîner, par exemple, était tout à fait raisonnable, mais il s'agissait aussi de verbiage. C'est un homme des plus sincère; à moi cependant il paraît toujours un peu faux.

Je lui ferai néanmoins cette proposition au sujet de Drusus. Il obtempérera, j'en suis persuadée, s'excusera même de ne pas y avoir pensé lui-même. De quoi puis-je me plaindre avec un tel mari? Je suis difficile.

L'histoire des Jeux continue de piquer ma curiosité. Peut-être que je devrais assister à un de ces spectacles; voilà des années que je ne me suis pas rendue aux arènes. Il me vient à l'idée que les compétitions de toutes sortes plaisent avant tout parce qu'elles offrent un modèle d'ordre et de cohérence. Si cette obsession du sport satisfait effectivement un penchant profond chez l'être humain, peut-être que l'on peut en trouver l'explication non pas tant dans le désir de gagner que dans celui de s'engager dans une activité gouvernée par des règles parfaitement claires. Les auriges suivent un tracé fixe; les règlements de chaque course demeurent inchangés. Peut-être, sans en être le moindrement conscients, cherchons-nous par le biais de cette activité ersatz le moyen de maîtriser tout ce qui n'est pas maîtrisable dans la vie réelle. Les Jeux offrent au spectateur une simplification merveilleuse; contrairement à ce qui se passe dans la vie de chacun d'entre nous, avec ses incidentes désordonnées, ses surprises désagréables, ses passions soudaines et ses douleurs imméritées, les éléments essentiels y sont parfaitement sous contrôle.

Les Jeux « font sens » : nous y assistons parce que

nous souhaitons nous bercer de l'illusion qu'il est en notre pouvoir de triompher du hasard et du destin.

le 3 juillet

Hier soir encore je fis un rêve inexplicable. J'y jouais au trictrac avec Drusus qui était en train de gagner quand soudain j'eus trois coups de dés heureux. Il se fâcha, renversant le tablier et envoyant par terre tous les pions. Je m'agenouillai pour les ramasser, mais, en me redressant, je m'aperçus que ce n'était plus Drusus mon partenaire mais Lucile, comme si elle avait toujours été là. Comme Drusus, elle était en colère. Elle arrachait les bagues de ses doigts, me les lançait au visage, tout en criant: « Je ne vivrai pas avec lui, non, jamais, quoi que vous puissiez m'en dire. » Ses paroles me déroutèrent, je ne comprenais pas de quoi elle parlait.

« Tu ne veux pas vivre avec ton père ? » demandai-je, mais, sans me répondre, elle quitta la pièce en courant. Alors par la fenêtre je vis Camillus qui se promenait dans le jardin. Il dut sentir mon regard car il leva la tête. J'avais l'impression qu'il voulait me dire quelque chose mais avant qu'il pût prendre la parole, je me réveillai.

Je me rappelle avoir écrit hier que l'attraction des Jeux était à chercher dans le modèle d'ordre et de cohérence qu'ils présentaient, dans l'absence de coups inattendus ou de passions ingouvernables. Mon rêve vient perturber cette idée, la renversant, un peu comme Drusus qui avait renversé le tablier.

Mes deux enfants s'en prennent à moi dans le rêve. Ils sont en colère mais je ne sais pas pourquoi. Et pourquoi Camillus me lança-t-il ce regard si sombre ?

Qu'est-ce qu'il essayait de dire?

Je voulais me rendre à Stabiae ce matin mais une tempête se leva et m'en empêcha. Cet après-midi, avec le retour au calme, j'envoyai Félix pour rendre les rouleaux; il portait également un message où je demandai à emprunter les premiers volumes des *Entretiens* d'Epictète. Clio me les renvoya avec Félix, en même temps qu'un mot dans lequel elle se disait déçue de m'avoir manquée et me présentait ses vœux. Elle part plusieurs semaines à Rome; je ne la verrai donc pas pendant quelque temps.

Pour tenir éloignée ma mélancolie, je lis depuis le début de la soirée l'œuvre que Félix me rapporta et, bizarrement, la trouve très plaisante. Les arguments d'Épictète ressemblent à ceux de Lucrèce, mais le ton en est plus sympathique. Il est plus personnel, plus intime; plus qu'une voix abstraite, l'on apprend à connaître l'homme derrière l'auteur. Son langage ensorcèle, comme si, après l'éclat et le désordre de l'agora, l'on retrouvait la calme fraîcheur du temple. Comme si je laissais derrière moi mes questions impertinentes, à côté des sandales ôtées...

Je commençai par l'essai, « Des choses qui dépendent de nous et de celles qui n'en dépendent pas », qui éveilla en moi des résonances. Voici son argument, tel du moins que je le comprends:

Les dieux nous léguèrent un seul don divin, la faculté de raisonner, ce pouvoir d'autoréflexion qui nous permet de sérier et d'évaluer nos impressions. Dans ce domaine, et seulement dans ce domaine, nous sommes libres. Partout ailleurs, ce qui arrive à notre corps, à nos

Nombreux sont les Chemins...

émotions quand nous perdons un bien-aimé, la nature et la manière de notre mort, nous sommes déterminés, à la merci de stimuli sur lesquels nous n'exerçons aucun contrôle. Nous avons reçu notre raison, notre volonté, des dieux, mais par ses liens avec le corps, elles participent du matériel.

A un étudiant qui lui demanda pourquoi les dieux, en créant l'homme, ne lui accordèrent pas une totale liberté, Épictète répondit: « Pour ma part, je pense que s'ils avaient pu nous confier ces autres pouvoirs, ils l'auraient fait, mais ils n'en étaient pas capables. Prisonnier de la terre et de sa forme terrestre, entouré de compagnons également terrestres, comment était-ce possible que l'homme ne soit pas soumis à des règles extérieures à lui-même? »

Nous ne sommes donc pas libres de choisir notre destin mais nous sommes libres de choisir ce que nous en faisons. C'est à notre volonté de surmonter notre destin en choisissant librement notre réponse. « Je dois mourir, dit Épictète. Dois-je donc le faire aussi en gémissant ? Je dois être emprisonné. Dois-je aussi me lamenter ? Je dois subir l'exil. Quelqu'un peut-il m'empêcher de partir en riant, de bon cœur et tranquille? »

Il propose, comme exemple de la bonne façon de confronter son sort, la conduite d'Agrippinus quand on l'informa que son procès se déroulait devant le Sénat. « Je lui souhaite de bien se dérouler, aurait répliqué le noble sénateur, mais la cinquième heure est là » (celle où il avait coutume de prendre un bain froid.) Quand plus tard l'on vint l'informer que la condamnation avait été prononcée, il demanda s'il s'agissait de la mort ou de l'exil.

Traduction Mair Verthuy

« L'exil. »

« Et mes biens ? »

« Ils ne seront pas confisqués. »

« Eh bien, allons dîner. »

« Voici, affirme Épictète, le résultat d'une éducation convenable. Je dois mourir ? Si c'est pour tout de suite, alors je me meurs. Si c'est pour plus tard, alors je dînerai, car c'est l'heure; après, quand viendra le moment, je mourrai. Et comment mourrai-je ? Comme il sied de le faire à quelqu'un qui rend ce qu'il n'a fait qu'emprunter. » Cette dernière phrase me frappa tout particulièrement. L'idée que la Nature ne fait que nous prêter notre corps et notre vie et que nous devons les lui rendre avec grâce, voilà, pour moi du moins, une conception originale de la mort, conception qui m'attire beaucoup.

Je ne pense pas le croire réellement, que des gens bien ordinaires puissent avoir toujours à l'esprit un concept si noble, je veux dire, mais même si la plupart d'entre nous n'y arrivent pas, il est extraordinaire de se faire rappeler ces exemples de l'ancienne vertu romaine, de savoir que certains hommes au moins sont capables de transcender leur égoïsme ordinaire. Des hommes tels que Socrate et Épictète semblent avoir vraiment surmonté la peur; quant à l'amertume que d'aucuns ressentent devant la brièveté de la vie, ils la balayent comme de l'enfantillage.

Selon Épictète, nos malheurs naissent pour la plupart dans l'erreur mentale, et pour enrayer ces habitudes mentales erronées, il nous faut un entraînement. Si c'est vrai, il serait peut-être prudent d'apprendre par cœur certaines de ces nouvelles façons de penser. Donc :

Nombreux sont les Chemins...

Le suicide : « Hommes que vous êtes, attendez le dieu. Quand il vous aura fait signe et vous aura libéré de votre service, alors vous partirez; mais pour l'instant contentez-vous de demeurer dans le lieu où il vous a placés. »

Je constate cependant qu'il modifie quelque peu cette déclaration en nous rappelant que le suicide se justifie si la vie devient insupportable ou si l'honneur est en jeu. « Rappelez-vous que la porte demeure ouverte. Ne soyez pas plus lâches que les enfants mais imitez-les. Quand le jeu ne leur plaît pas, les enfants disent qu'ils ne veulent plus jouer; si les circonstances vous paraissent également déplaisantes, dites que vous ne voulez plus jouer et partez, mais si vous restez, ne vous lamentez pas. »

L'éducation : « L'éducation, c'est apprendre à

discerner, parmi les êtres et les choses, ceux qui dépendent de nous et ceux qui ne dépendent pas de nous. Dépendent de nous la volonté et toute opération de la volonté; ne dépendent pas de nous le corps, les parties du corps, nos biens matériels, les parents, les frères, les enfants, la patrie, en un mot, tout ce qui constitue notre société.

« Autant nous plaignons les aveugles ou les boiteux, autant nous devons plaindre ceux dont les facultés souveraines - la raison et le sens moral - sont aveuglées et mutilées.

« Un homme n'est pas le maître d'un autre homme; seuls sont nos maîtres la mort et la vie, le plaisir et la douleur. »

La fin du rouleau me remplit un instant de joie. Je ne partage pas la piété d'Épictète mais je ne pouvais qu'être émue en lisant: « Si j'étais rossignol, j'accomplirais l'œuvre d'un rossignol, si j'étais un cygne celle du cygne, mais je suis un être de raison et je dois louanger Dieu. Voilà ma tâche et je n'abandonnerai pas mon poste tant qu'il plaît à Dieu de m'y maintenir. Je vous invite à chanter les mêmes louanges. »

L'invitation est séduisante; hélas, l'air m'est sorti de la mémoire.

le 5 juillet

Quand je retrouvai Drusus cet après-midi, il débordait d'enthousiasme à la pensée d'accompagner son père au théâtre samedi. « Eutarque dit que j'ai assez de forces, mère. Puis-je y aller ? » me demanda-t-il.

La sortie se faisait à ma suggestion, et pourtant je ne l'approuvais pas entièrement, car la pièce que Properce fait répéter actuellement se classe parmi les comédies les plus grivoises de Plaute. A la réflexion cependant, je me dis que Drusus n'était plus tout à fait un enfant, et que certains des textes d'Ovide que nous allions lire contenaient également des passages assez douteux. Ne voulant donc pas être hypocrite, j'y consentis. Peut-être ne voulais-je pas paraître étroite d'esprit aux yeux de Camillus, qui, malgré notre invitation pressante, nous quitta peu après. Il attache manifestement une grande importance à l'intimité entre Drusus et moi.

« Où va-t-il, mère, quand il n'est pas auprès de nous? s'enquit Drusus après le départ de Camillus. Pourquoi ne couche-t-il pas ici ? »

J'ignorais que tel fut le cas. En réponse à mes questions, mon fils m'apprit qu'il s'était rendu dans la chambre de Camillus un soir après le dîner pour lui poser une question, mais s'était fait dire par l'un des esclaves que Camillus passait la plupart de ses nuits en ville.

« Vous avez dû remarquer, mère, qu'en général il nous présente ses excuses assez tôt, dit Drusus, puis, à ma très grande surprise continua par demander avec beaucoup de sérieux: « Pensez-vous qu'il ait une relation amoureuse? »

Je ne m'étais jamais intéressée aux déplacements de Camillus et avais pris pour acquis qu'il couchait dans les appartements que nous lui avions réservés. Quant à une maîtresse éventuelle, force me fut de reconnaître que cela était tout à fait possible; il ne faisait pas de doute que de nombreuses femmes devaient tomber amoureuses d'un homme aussi attirant.

« On ne pose pas ce genre de question, répondis-je. La moindre courtoisie exige que l'on respecte la vie privée des autres. Camillus est un homme libre qui a le droit d'aller où bon lui semble. J'espère que tu n'as pas eu le mauvais goût de le questionner. »

« Si fait, répondit-il en baissant la tête, mais il refusa de me répondre. Comme vous, il me gronda. N'est-il quand-même pas merveilleux, mère ? J'espère qu'il saura se trouver une épouse. Je le crois très esseulé. »

« Je suis sûre, Drusus, fis-je, qu'il compte de nombreux amis, en dehors de nous. Pourquoi se sentirait-il seul ? »

« Vous savez bien, mère, qu'un homme a besoin d'une femme. Chaque homme a le devoir de fonder un foyer et de faire des enfants. »

Je ris. « Est-ce Camillus qui t'enseigne cela ? »

« Bien sûr. Qu'arriverait-il à Rome si tous ses citoyens refusaient de se reproduire ? Nous devons aux dieux et à l'Etat de renoncer à l'égoïsme. Cela, tout le monde le sait. »

Sa réponse m'amusa. Au moins, me dis-je, une partie de son enseignement demeure orthodoxe.

Je m'installai à ses côtés et déroulai le premier rouleau des *Métamorphoses*. La beauté des illustrations nous fit d'abord pousser des exclamations, ensuite je me mis à lire. Quel beau poème; j'avais complètement oublié la perfection de son langage. J'étais encore jeune fille quand je le lus pour la dernière fois (et je l'avais lu seule, ma mère ne s'étant jamais donné la peine de le lire avec moi.) Je fus frappée de constater les ressemblances entre l'introduction et le travail de Lucrèce, bien que le thème ici soit traité sur le mode lyrique plutôt que sur le mode épique. Ovide retrace le déclin du monde à partir de l'Âge d'or jusqu'à cette terrible période qui précéda la grande inondation :

S'ensuivit l'âge de fer
et en découla l'essence même du mal.
À toute pitié, foi, amitié, vérité ne
succédèrent que mensonge et violence, que
vilenies, profit et usure.
La terre, que l'on avait connue indivise
comme l'air
se vit tailler en propriétés, domaines ou
exploitations.
Amassées les moissons, les hommes
envahirent ensuite les entrailles de la terre,
s'enfonçant au plus profond,
creusant sous le lit des rivières,
là où rôde la mort obscure
dans son royaume des ténèbres.
Et dans ses mines consacrées brillait tout ce
qui pousse les hommes à l'avarice, au
meurtre.
Ils remontèrent leur butin
et la guerre, sous la millénaire malédiction
du fer et de l'or,
leva ses mains ensanglantées
pour arpenter la terre.

Traduction Mair Verthuy

Un frisson me parcourut, et je fis une pause. Je me demandais si cette image troublait Drusus autant que moi, mais il ne semblait pas y réagir et m'encouragea à continuer.

Les hommes se nourrissaient de rapines et
de luxure; Entre les invités et les hôtes
régnait la crainte; Tout sourire pourtant, les
voisins
s'espionnaient l'un l'autre;
Les pères refusaient à juste titre leur
confiance aux gendres trop pressés;
Rares étaient les frères qui s'aimaient;
Les époux impatients appelaient la mort de
leur épouse;
Les marâtres faisaient du poison un dessert;
Les fils énuméraient les heures les séparant
du tombeau de leur père.

De nouveau je m'arrêtai. Peu étonnant, pensai-je, qu'Auguste ait fait exiler cet homme. « L'Âge de fer » dont il parlait ressemblait fort au règne d'Auguste et de Livie. A ma surprise, Drusus fit une remarque similaire. « Il parle de Livie, n'est-ce pas, mère ? demanda-t-il. C'est ainsi qu'elle empoisonna le père de l'empereur Claudius et elle en aurait fait autant à Claudius lui-même si elle n'avait pas commis l'erreur de le prendre pour un vrai sot. »

« C'est encore Camillus qui t'apprend cela ? » fis-je. Là-dessus il me lança un regard plein de condescendance :

« C'est dans Tite-Live, » expliqua-t-il.

Nombreux sont les Chemins...

Nous reprîmes notre lecture. Cette fois Drusus se saisit du rouleau et me lut le passage qui exprime la douleur de Jupiter quand, des cieux, il considère les gestes impies des hommes. Il décide de visiter la Terre et là il rencontre le tyran Lycaon, qu'il transforme en loup. Drusus s'amusa beaucoup à la lecture de ces vers, les déclamant avec une fausse sévérité. Après avoir fait le tour de la Terre, Jupiter, découragé, remonte aux cieux, bien décidé à détruire par la foudre ces hommes de fer corrompus et à faire naître une nouvelle race d'hommes, mais se rappelant que les Parques avaient fixé une heure encore plus distante où : « la terre et la voûte du ciel se consumeraient en un embrasement universel », il fait tomber l'eau du ciel et ils se noient. Seuls Deucalion et Pyrrha survivent à l'inondation.

Drusus me demanda de me joindre à lui pour la lecture de cette partie, m'invitant à jouer le rôle de Pyrrha tandis que lui lirait celui de Deucalion.

L'histoire est émouvante, surtout la description de la solitude de ces pauvres hères lorsqu'ils se retrouvent soudain privés de tout compagnon humain. Ils prient Thémis qui leur conseille de ramasser les os de leur mère et de les jeter par-dessus leur épaule. Pyrrha proteste ne voulant pas commettre un sacrilège, mais Deucalion se rend compte que pour la déesse le mot « mère » veut dire la « terre-mère », dont les os sont alors les « pierres innocentes de la terre. » Deucalion et Pyrrha suivent donc la recommandation de la déesse, et de ces pierres naît une nouvelle race.

Les pierres que lança Deucalion en hommes

Traduction Mair Verthuy

se transformèrent, celles qu'envoya son
épouse en femmes.
Au-delà, derrière les années de perte et de
misère, se retrace un héritage de pierre.

Ces vers me causèrent une vive émotion. Heureusement que le rouleau finit là-dessus; je n'avais donc pas à continuer. Drusus avait l'air content et, non sans timidité, demanda à m'embrasser. Nous échangeâmes un baiser; je pus ainsi partir sans avoir révélé mon état d'âme.

Après tout, peut-être est-ce la volonté des dieux de le laisser vivre, de connaître même le bonheur ? Je payerais cher pour qu'il en soit ainsi.

le 6 juillet

Lucile me fit passer des moments très désagréables cet après-midi; elle vint m'apprendre son intention de divorcer d'avec Flavius. Elle souhaite maintenant en épouser un autre, Corneille Sabinus. Il est évident qu'ils sont amant et maîtresse bien qu'elle ait voulu me convaincre que leurs rapports sont parfaitement chastes. Je ne sais même pas où elle le connut. C'est un homme de bonne famille, mais je crois comprendre que jusqu'à aujourd'hui il a consacré toutes ses énergies au seul plaisir. Bien sûr, Lucile prétend que tout cela a changé, qu'il entend dorénavant s'intéresser à la politique, voire se présenter aux élections du Conseil.

Nous passâmes tout l'après-midi à discuter. Son

mariage avec Flavius, auquel elle avait consenti avec beaucoup d'enthousiasme, ne dure que depuis un an. Quand je lui rappelai sa réaction à l'époque, elle rétorqua qu'elle était encore trop naïve pour juger par elle-même et qu'elle n'avait fait qu'entériner notre choix. D'ailleurs, ajouta-t-elle, insolente, il faut coucher avec un homme pour le connaître. Cette remarque en disait long sur ses rapports avec Corneille, mais je me contentai de l'interroger sur les défauts de Flavius. A ma stupéfaction, elle se mit à me raconter dans le détail leur histoire sexuelle. Choquée à la fois par ce qu'elle disait et par le fait qu'elle me le disait, je l'arrêtai en pleine phrase. Qu'il suffise de dire ici qu'elle trouve ses exigences excessives et ses goûts pervers.

Ou alors elle ment afin de mieux prouver son cas, ce qui n'est pas exclu. Il m'est difficile de croire que ce Flavius que je croyais connaître, apparemment si digne, puisse se rendre coupable des appétits dont elle fait état. La grossièreté de son langage me choqua; l'on eût dit une femme de mauvaise vie. Quelles que soient ses raisons de se plaindre, et seuls les dieux savent si elle ne les a pas exagérées, je voulus la convaincre de ne pas divorcer, du moins pas tout de suite. J'allai jusqu'à lui rappeler que, selon la loi, son père et moi avions le droit d'entamer une procédure légale pour faire obstacle au nouveau mariage.

Là-dessus, elle enragea. Voyant que sa crise de colère ne m'émouvait pas, elle se mit à pleurer, à se tordre les mains, m'accusant de ne pas l'aimer, de ne jamais l'avoir aimée. Elle m'accusa de vouloir la diminuer, de ne chercher que son malheur, de lui avoir choisi comme mari un homme impossible à vivre, et ainsi de suite. A chacune de mes remontrances, de mes efforts de la raisonner, elle passa à une nouvelle accusation.

« Ce que vous me dites, mère, m'est égal et ce que dira mon père aussi; j'épouserai qui je veux. Et je ne vivrai plus avec Flavius, m'entendez-vous? Si vous m'y obligez, je prendrai Corneille comme amant et ferai un enfant de lui. »

« Auquel cas, la loi oblige ton mari à te poursuivre pour adultère et vous serez tous deux exilés, » répondis-je, ce qui provoqua naturellement une autre séance de larmes.

Soudain, le rêve que j'avais fait il y a quelques jours me revint à l'esprit, celui où je jouais au trictrac avec Drusus. Elle avait dit alors qu'elle « ne vivrait plus avec lui. » Ce souvenir me fit tourner la tête. Est-ce possible que les rêves prédisent l'avenir ?

Elle prit son congé après avoir accepté trois

conditions : qu'elle ne prendrait sa décision définitive que dans six mois; qu'elle en discuterait d'abord avec son père; qu'en attendant elle resterait fidèle à Flavius. Je ne suis guère convaincue qu'elle respectera cette dernière condition; en effet, je doute un peu de toutes ses promesses.

J'ai envie de parler de toute cette question avec Properce. Mais, pour être franche, je me demande pourquoi je fais l'effort de m'y opposer. Lucile fera ce que bon lui semble; c'est ce qu'elle a toujours fait; à quoi sert de vouloir l'en empêcher ? Nous pourrions, comme la loi nous l'autorise, la traîner devant la justice et l'empêcher de reprendre sa dot à Flavius avant l'âge de vingt-cinq ans, mais quel en serait l'avantage ? S'il est vrai qu'elle le méprise, ce ne serait certes pas rendre service à Flavius que de l'obliger à vivre encore cinq ans avec elle. Properce ne pourra pas l'en dissuader; elle fera ce qu'elle a envie de faire. Sans doute que le mariage à venir sera encore plus désastreux que celui qu'elle connaît aujourd'hui, mais peut-être qu'après tout, il lui conviendra tout à fait; il est bien probable que les deux se valent.

Quelles sont ces choses qui nous arrivent et comment arrivent-elles? L'image de Lucile toute petite me fend le cœur. Elle était toujours si gaie, elle parcourait la maison en babillant comme un oiseau. Quand se transforma-t-elle en cette femme trompeuse et vaniteuse? Est-ce que nous fûmes trop généreux avec nos louanges quand elle était bambine ? Est-ce que je réagissais à ses impertinences par des réprimandes trop sévères parfois ou au contraire avec trop d'indulgence ? Ou alors s'agit-il de caractéristiques inhérentes à sa nature et qui se développent selon des lois internes qui n'ont rien à voir avec nous ?

« Nous devons apprendre à accepter les choses qui ne dépendent pas de nous, et ne dépendent pas de nous le corps, nos biens, les enfants, les parents... » Combien dérisoires de tels dictons paraissent en ce moment; ils ne font rien pour apaiser le tumulte de mon cœur. Comment faire pour accepter de telles situations ? J'aime mon enfant, j'aime la personne qu'elle fut et qu'elle doit encore être quelque part aujourd'hui. Comment puis-je simplement me contenter de me croiser les bras et de la regarder courir à sa perte à cause de sa vanité et d'un opportunisme de mauvais aloi?

Ma tête me fait mal, je peux à peine voir pour écrire. Qu'est-ce que j'ai qui me fait réagir ainsi ? Il est fort possible que je m'inquiète sans raison, que l'avenir qu'elle s'est choisi soit tout à fait ce qu'il lui faut. Si ce qu'elle dit de Flavius est vrai, je ne devrais pas exercer cette pression sur elle pour qu'elle reste avec lui. Mais c'est exactement le genre d'histoire que Lucile inventerait si elle voulait engager ma sympathie. J'hésite à la croire.

Il me faut me reposer, cette journée m'a épuisée.

le 7 juillet

Properce m'a convaincue que nous ne devons pas intervenir dans la décision de Lucile, que j'eus tort de m'y opposer avec tant de force. Il ne m'accusa pas directement d'être injuste à son égard, mais c'était là le sens de son propos. Il convenait avec moi que le choix de Lucile était erroné, doutait comme moi du bien-fondé des accusations qu'elle portait contre Flavius, mais conseilla cependant l'inaction.

« Nous ne devons absolument pas lui cacher nos propres opinions en la matière, qui sont certes contraires aux siennes, dit-il, mais nous n'avons pas le droit de les lui imposer. La sagesse ne s'acquiert que par l'expérience, et le destin de Lucile nous échappe. »

La sagesse, à mon avis, vient de la réflexion intelligente sur l'expérience et non de l'expérience elle-même, m'objectai-je. Un enfant confronté, avant d'être en âge de les comprendre et d'y réfléchir, à une série d'épreuves négatives, peut aussi bien aboutir au mal et à la souffrance aveugle qu'à la sagesse.

Avant de répondre, Properce pesa bien mes paroles, ce qu'il fait toujours, même quand il n'est pas d'accord.

« Vous avez peut-être raison, fit-il, mais, à l'âge de

dix-neuf ans, Lucille est capable d'arriver à des jugements réfléchis, ou devrait l'être. De toute manière, ce n'est pas à nous de décider de ses actions, car nous ne savons rien de sa situation et ignorons tout des conséquences éventuelles de son choix. Il est vrai que la loi nous autorise à la maintenir encore quelques années sous tutelle, voire à demander à l'État de la déclarer criminelle, mais dans quel but tout cela ? Nous ne ferions qu'intervenir dans trois vies individuelles pour leur imposer notre volonté et notre jugement, sans pour autant avoir la certitude d'atteindre en agissant ainsi le but recherché, c'est à dire, le bonheur de notre fille et celui de Flavius. » Il secoua la tête. « Il faut, à un moment donné, Claudia, nous résigner à laisser s'envoler nos enfants. A l'origine, ce sont certes nos créations, mais avec le temps ils s'éloignent de nous. Lucille n'est plus en enfant; elle n'a de comptes à rendre qu'à elle-même. »

Comment répondre à ces remarques ? Il a raison ou du moins je le suppose. Mais, contrairement à ce qu'il croit, il n'est pas facile d'adopter une telle attitude.

Il était d'accord cependant pour que nous essayions de la restreindre pour une période de six mois. Elle pourra ensuite agir à sa guise.

Il me semble ne pas avoir appris grand-chose depuis trente-sept ans que j'existe, et à quoi servent ces études auxquelles je me livre? Pour l'instant rien dans ce que je lis ne m'apporte même une seule réponse aux événements de ma vie. L'on m'informe que je ne dois m'occuper que de ce qui relève de ma volonté, ce qui n'inclut pas ma fille, Lucile. Mais qu'est-ce que cela signifie ? Que si vous voyez un somnambule sur le point de se lancer dans un

Nombreux sont les Chemins…

ravin, il ne faut pas crier, ni tendre la main pour le retenir, me demandai-je. Il est faux de prétendre que nous n'avons aucune influence sur les autres, et que nous exercions cette influence ou que nous refusions de l'exercer, nous sommes également responsables des conséquences.

Si l'étude de la philosophie ne fait rien d'autre pour moi, elle m'aura au moins aidée à mieux comprendre comment fonctionne l'esprit de Properce. Par la même occasion, elle me permet de mieux mesurer l'importance du gouffre infranchissable qui nous sépare. L'aisance avec laquelle il adopte toujours la position raisonnable à la fois me dépasse et, peut-être injustement, m'offusque. Il ne doit pas réagir autrement devant le spectacle de mes luttes et de mes échecs.

Eutarque doit croire qu'il n'existe aucune différence fondamentale entre les cerveaux masculin et féminin, sans quoi il ne m'aurait pas préparé ce programme de lectures. De nombreux philosophes, à commencer par Socrate, affirment que les femmes peuvent profiter de la philosophie tout comme les hommes; je me demande de temps en temps cependant, c'est plus fort que moi, s'il ne s'agit pas là d'une activité conçue par et pour le cerveau masculin. Ni Properce, ni Épictète à mon avis, n'arrivent à saisir que l'on puisse se montrer rétive devant la raison, que l'on puisse douter de sa capacité de résoudre tous les problèmes. Tout se passe comme s'il existait dans notre être profond une force dont les hommes ignorent l'existence et qui nous empêche de faire fi de nos sentiments, de « nous contrôler au nom de la raison », d'avoir même envie de ce faire. Comme si nous n'arrivons pas à nous convaincre que c'est souhaitable.

Je voudrais pouvoir discuter de ces questions avec une autre. Trop peu de femmes ici acceptent d'aborder des questions sérieuses. Æmilia partie, il n'y a personne à qui je puisse adresser mes pensées, personne qui soit apte à compatir avec moi au sujet de Lucile. Il m'arrive de penser que parler avec une seule personne qui pense comme moi ferait plus pour me donner des forces que des semaines entières passées à l'étude de nos penseurs.

le 10 juillet

Que de commotions en trois jours ! J'ai l'impression que le monde s'est transformé en toupie mais peut-être est-ce simplement ma tête qui tourne.

Samedi je pris la décision de parler seule à seul avec Camillus, prétextant pour moi-même que je pourrais ainsi contrôler l'orthodoxie de ses opinions. Properce avait emmené Drusus au théâtre; à part les esclaves donc, nous serions seuls. Après le repas, j'invitai Camillus à me suivre et lui proposai une promenade dans le parc. C'était une fin de journée splendide, l'air s'alourdissait du parfum des fleurs, un mince quartier de lune se dessinait derrière les oliviers.

Très précautionneusement je commençai, lui indiquant que l'histoire qu'il enseignait à Drusus m'intriguait énormément. Le système de valeurs qui la sous-tendait, disais-je, faisait preuve d'un idéalisme de bon aloi, même si certains aspects de cet enseignement me paraissaient moins clairs que d'autres. Avais-je raison,

Nombreux sont les Chemins...

par exemple, de comprendre qu'il prônait l'abolition de notre système d'esclavage ?

Il ne me répondit qu'après quelques instants de réflexion.

« Pas entièrement, fit-il. Je prône, comme vous dites, la cessation de toute guerre de conquête ; j'élargirais la pratique selon laquelle, après un nombre fixe d'années, les esclaves sont autorisés à racheter leur liberté; je ne recommande toutefois pas que l'on abolisse immédiatement tout esclavage, car un tel geste ne pourrait que provoquer des troubles. Je suis profondément convaincu que l'esclavage en tant que système économique disparaîtra de son propre chef. Tout d'abord, il est inefficace. Il est aussi, ce qui est plus important encore, immoral, sur le plan personnel et sur le plan politique, car il viole l'humanité à la fois du propriétaire et de l'esclave. Il suffit que les gens comprennent ce principe en assez grand nombre pour qu'il disparaisse. Rougissant légèrement, il rajouta en conscience : « J'ai également dit à votre fils que c'est l'introduction des esclaves ramenés des territoires conquis qui ébranla les assises de la République et qui en empêche la Restauration. Grâce à l'esclavage, les riches peuvent exercer un monopole sur les terres et expulser ainsi de leurs petites propriétés les cultivateurs libres, créant de cette façon une société d'extrêmes, d'un côté la grande richesse, de l'autre, la grande misère, ce qui ne peut aboutir qu'à la corruption. »

Il s'arrêta, embarrassé.

« Veuillez me pardonner, fit-il. Il n'était pas dans mes intentions de vous sermonner. J'espère que vous conviendrez que mes opinions sont ancrées dans la réalité, bien que je ne sois pas libre de tout préjugé; n'était-ce de mon adoption, j'aurais moi- même grandi esclave. »

Il avait terminé son discours, me semblait-il, sur une note propitiatoire. Je lui rendis son sourire, après quoi nous nous promenâmes quelque temps dans un silence amical. Bientôt cependant, je le sentis gêné, mais à l'instant même où je voulus lui demander ce qui le troublait, à ma surprise il me déclara sur le ton formel qu'il adoptait toujours qu'il y avait quelque chose qu'il se sentait obligé de me dévoiler. Mon cœur se mit à battre la chamade mais ce qu'il m'annonça fut fort différent de ce que j'avais espéré entendre.

« Je me rends compte maintenant, dit-il, que j'aurais dû vous en parler dès notre première entrevue, mais à l'époque je ne voyais pas le rapport avec ma situation ici. J'étais persuadé, voyez-vous, que ma croyance personnelle n'influencerait aucunement le contenu de mon enseignement. Je sais aujourd'hui que j'étais très naïf et me trouve donc actuellement dans une situation fort ambiguë. »

Devant mon regard ébahi, il m'avoua qu'il était de foi chrétienne, ce qu'il avait caché à Properce quand celui-ci l'engagea comme précepteur pour notre fils. Il m'assura qu'il n'avait nullement l'intention de s'engager dans le prosélytisme ni de prêcher à mon fils les principes de sa religion; il continua toutefois par dire qu'il comprendrait très bien si mes objections étaient telles que je préférais lui trouver un remplaçant.

Il dut mesurer le choc qu'il m'avait causé, car sa crispation fut visible quand je m'écriai :

Nombreux sont les Chemins...

« Vous, chrétien, Camillus, vous, un Nazaréen ? »
Faire un tel éclat était très grossier, mais je ne pouvais
m'en empêcher. Je réussis après un gros effort à
surmonter mes émotions, disant à Camillus que je lui
faisais confiance, persuadée qu'il apporterait à
l'enseignement qu'il dispensait à Camillus tous les
scrupules nécessaires, mais ajoutant que j'eusse préféré
l'apprendre de sa bouche beaucoup plus tôt.

Comme sa réponse tardait à venir, je demandai si la
loi autorisait maintenant sa pratique religieuse, car je
m'étais fait dire que certains de ses coreligionnaires
avaient formé des associations secrètes et interdites. Il
m'assura que le christianisme était dorénavant autorisé,
m'expliquant que sous le règne de Néron ils avaient été
obligés, pour se protéger, de former des cellules
clandestines, mais que celles-ci n'existaient plus. Depuis
neuf ans déjà, le christianisme se voyait pleinement
tolérer.

« Si tel est le cas, la tolérance de mon mari ne sera
certes pas moindre que celle de l'Empereur », fis-je,
consciente néanmoins que la marge était grande entre
tolérer une croyance excentrique et engager le tenant
d'une telle croyance comme précepteur de son fils. Il me
remercia en souriant, et, le scrutant, il m'était impossible
de le soupçonner de la moindre ruse. Le peu que je savais
de sa religion s'étayait sur des informations bien minces,
me disais-je; mon impression négative des Nazaréens
n'était-elle pas simplement due à mon incompréhension ?
Il me vint l'envie de poser beaucoup de questions, mais
tout à coup des cris d'alarme se firent entendre à l'entrée
de la maison et je vis des esclaves qui transportaient

89

Traduction Mair Verthuy

Drusus sur une litière.

Il était véritablement blafard; mes questions angoissées révélèrent qu'il avait perdu connaissance au théâtre.

« Ce n'était que la chaleur, mère, dit-il; il ne faut pas vous en inquiéter, » mais la peur me tenaillait. J'envoyai chercher Eutarque sur-le-champ, et, en attendant, pendant le sommeil de Drusus, Camillus et moi le veillâmes. Je ne pouvais que fixer aveuglément le corps immobile enveloppé dans ses linges. Après quelque temps, Camillus tendit sa main vers la mienne. Son toucher, me surprenant, me fit lever des yeux étonnés, mais il se mit à la caresser, me consolant, m'assurant tel un père son enfant que tout irait bien. Nous restâmes ainsi je ne sais combien de temps jusqu'à ce que Drusus ouvrît les yeux et, nous voyant, se dressât dans son lit.

Ses couleurs étaient revenues et il disait se sentir parfaitement bien. Comme pour le prouver, il se mit à décrire avec beaucoup d'animation les comédiens qu'il avait vus lors de la répétition. Il réitéra que sa faiblesse n'était due qu'au soleil et que je ne devais pas m'en inquiéter.

Enfin Eutarque vint et, après examen, déclara que Drusus ne faisait pas de fièvre, mais il lui prescrivit quelques herbes et du repos, tout en me promettant que mon fils n'avait vraiment rien de grave. Je surveille Drusus attentivement depuis deux jours, mais ni sa toux ni les autres symptômes n'étant revenus, il me semble, que les dieux en soient remerciés, que mes craintes étaient sans fondement.

N'ayant plus cette inquiétude, je constate que

Camillus obsède mes pensées, et l'intensité de celles-ci m'effraye. Je me répète que l'attraction qu'il exerce n'est qu'esthétique, qu'elle ne pose aucun danger, mais je crains de ne plus en être convaincue. Il m'a touchée. Ce geste, né dans la compassion et non dans le désir, le désir est tout mien, j'en suis persuadée, n'en provoqua pas moins chez moi l'envie inassouvie d'une plus grande intimité.

Le fait même d'écrire ces mots me fait trembler. Je crains son ascendance croissante sur moi, l'ascendance croissante de mon désir ardent. Quand il m'approche, je sens ma volonté se dissoudre, comme si elle languissait de se soumettre. Quel est cet homme pour m'inspirer l'envie de m'offrir à lui ? Et cet homme un chrétien !

Ce sont des gueux, qui croient à d'ignobles superstitions et ont une conduite inacceptable; j'avoue moi-même n'avoir connu qu'un membre de cette secte, un homme qui se proclamait lui-même Nazaréen et qui est arrivé à la villa un jour peu de temps après notre arrivée dans cette ville. Entendant Scribonie qui lui refusait l'entrée, curieuse, j'allai voir ce qu'il en était. J'avais cru au départ qu'il s'agissait d'un simple vagabond, car je me souviens qu'il s'inclina de façon obséquieuse, insistant pour que j'accepte un rouleau grossièrement écrit et portant le titre : *Compte-rendu des miracles et des dires de Notre Seigneur par un témoin oculaire.*

« Je ne demande pas l'aumône, Madame, fit-il sur un ton geignard, alors qu'il me fermait presque la main autour du document qu'il m'offrait; je veux seulement que vous lisiez les paroles du Seigneur. Il a accompli des miracles; il a conjuré les diables; guéri les malades. Prenez-le, lisez, désaltérez-vous à la source de son Esprit, insistait-il, ajoutant que si j'acceptais, je serais sauvée. »

Il continua longtemps dans cette veine, mais en fin de compte c'était bien l'aumône qu'il cherchait. Je me débarrassai de lui en lui offrant vingt sesterces. Tout ce qu'il disait n'était que fatras, les mots s'alignaient comme les balbutiements auxquels l'on s'attend de la part des fous. Ses cheveux étaient mal peignés, sa barbe mal taillée, et, en même temps qu'il déblatérait, il se grattait de partout, cherchant des poux parmi ses haillons. Tout chez lui répugnait. Après je ne fis que regarder d'un œil distrait son rouleau que je jetai aux ordures par la suite. Il ne me paraissait nullement plus cohérent que son propriétaire, et je me découvrais hostile à toute secte capable de s'imposer aux gens d'une manière si éhontée et de leur soutirer l'aumône.

Comment Camillus peut-il fréquenter de telles

Nombreux sont les Chemins...

personnes ? Il est vrai que le mendiant est peut-être une exception; toute foi s'attire nécessairement un certain nombre d'indésirables qui s'en proclament les représentants sans y être autorisés. Je sais peu de la véritable croyance de ces Nazaréens. C'est chez les Juifs que cette foi naquit, me dit-on, bien que de nos jours de nombreuses personnes ayant d'autres origines ethniques s'y convertissent, particulièrement parmi les pauvres et les esclaves. Ils prient à la synagogue mais ils ne pratiquent pas la circoncision et ne respectent pas les règles diététiques des Hébreux. D'après Properce, qui m'en parla après que j'eus rencontré le mendiant, leur prophète est un homme que l'on avait condamné pour trahison dans la province de Judée il y a quelque quarante ans, sous le règne de Tibère. Ils croient que cet homme ressuscita de la mort et se rendit visible devant eux avant de disparaître de nouveau. Ils prétendent, bien sûr, qu'il s'agit d'un dieu et que dans un proche avenir le monde sera détruit par une immense conflagration à laquelle eux seuls échapperont. Les couches populaires de la société sont tellement superstitieuses que beaucoup d'entre eux croient cette prophétie et se précipitent vers les lieux sacrés des Nazaréens pour y chercher le réconfort.

Properce adopta pour parler de la secte un ton qui frisait le mépris. Ses paroles dégagèrent l'impression que ceux qui y adhéraient étaient des faibles d'esprit à qui il manquait le courage de faire face à leur sort et qui se réfugiaient dans un débordement émotif et cette bizarre conviction que la fin du monde est imminente. D'après Properce, ils exigent une soumission absolue à leurs doctrines totalement irrationnelles sans pouvoir produire un seul argument capable de retenir l'attention d'une personne d'intelligence.

Mais Properce lui-même fonda peut-être son jugement sur l'ouï-dire. Camillus n'est pas sot, je ne le crois pas superstitieux; il s'ensuit que, pour qu'il embrasse cette religion, elle doit faire appel à son intellect. Il faut que je m'informe.

La raison majeure de la mauvaise réputation que l'on fait à son dieu, c'est sans doute que ses disciples ne font pas preuve de la même tolérance envers les autres religions que nous envers la leur. Ils prétendent exercer un monopole sur la vérité et se croient obligés de convertir à leur foi tous ceux qui les entourent. Les gens du beau monde préfèrent les fuir. Dans la capitale, toute annonce de la conversion d'un esclave provoque une grande inquiétude, du moins, c'est ce que me dit Æmilia. C'est une religion que l'on méprise et - bizarrement - que l'on craint simultanément, sans doute parce qu'elle cherche tant à faire des prosélytes.

Et si ses prêtres avaient envoyé Camillus ici précisément pour cette raison-là ? Pour qu'il projette sur mon fils, ou sur moi- même, ces idées néfastes ? Peut-on concevoir une telle impertinence ? Sûrement pas. Je ne peux pas croire qu'il me trompe ainsi.

Je ne me méfie pas de sa sincérité, je me méfie de ma vulnérabilité. Il est possible que dans mon état actuel de faiblesse je me laisse convertir, même à une foi aussi méprisable.

La volonté, la volonté. A quoi sert-elle dans la lutte contre Éros ?

Nombreux sont les Chemins...

le 11 juillet

Selon Épictète, ce qui nous distingue des bêtes, c'est que l'homme seul est doté du *logos*, cette capacité du discours intérieur (la « raison ») et donc la capacité de se comprendre soi-même. Nous sommes libres de juger les impressions qui se présentent à nos esprits et de choisir nos réponses, que celles-ci soient positives ou négatives. L'homme moral se définit comme celui qui choisit toujours selon le logos divin qu'il porte en lui.

Il prétend que notre choix se porterait tout naturellement sur cette voie si nous n'avions pas été corrompus pas notre environnement et une mauvaise éducation. Il avoue toutefois que la plupart des gens ont été ainsi corrompus, même que la corruption due à ces éléments est à toutes fins utiles universelle. En mûrissant,

Traduction Mair Verthuy

nous finissons par adopter la croyance (fausse, d'après lui) non seulement que la douleur et le plaisir sont des absolus plutôt que des qualités relatives à notre volonté, mais qu'il faut rechercher ce dernier tout en fuyant la première et qu'il existe une chose nommée « échec » qu'il faut éviter et une autre nommée « réussite » vers laquelle il faut tendre. Nous sommes remplis, dit-il, d'idées fausses qui donnent lieu à des impulsions irrationnelles et à des besoins illusoires. L'homme mauvais, affirme-t-il, est celui qui refuse de reconnaître les faits.

J'opposerais à cet argument une objection et une critique de fond. L'objection porte sur le fait que ses dires font toujours mention des hommes plutôt que des femmes, qu'il exclut systématiquement de ses écrits comme si nous n'existions pas. La critique de fond porte sur la nature circulaire de son argument, car il me semble esquiver une question importante, c'est à dire, comment savoir, lorsqu'on est confronté à un choix, si une impulsion ou un désir particulier relèvent d'idées fausses ou s'inspirent du logos ? La définition qu'offre Épictète de l'action correcte me semble relever de la tautologie. L'action correcte, dit-il, est celle qui épouse le logos. La vertu est ce que nous ressentons quand nous savons que nous avons agi correctement ...

Devant un choix d'ordre moral, quelle est l'utilité de ces conseils? Prenons comme exemple l'attraction que je ressens pour Camillus. Pour quelle raison dois-je la considérer comme « malsaine » ou « fautive » ? Parce qu'elle est une manifestation du désir ou parce que le désir lui-même est illusion? Mais pourquoi refuser le désir ? Faut-il s'y objecter parce que Drusus et Properce seraient peinés d'apprendre que j'ai un amant, Camillus ? Je présume que pour Épictète la douleur et la confusion que me cause le désir, le mensonge qu'il engendre, constituent une preuve suffisante que le désir est contraire au logos.

Mais cela me paraît injuste. La douleur et le mensonge naissent non du désir en soi mais du fait qu'il est inassouvi. Je refuse de croire que l'amour fait partie de l'erreur. S'il ne relève pas du logos, alors qu'est-ce qui en relève ?

Apparemment, je ne veux ou je ne peux raisonner comme ils souhaiteraient que je le fasse. Épictète dirait sans doute que je ne suis pas en santé, que mon discours intérieur est désordonné et égoïste. Peut-être, mais il n'est pas mensonger. Mes sentiments sont ce que je connais de plus vrai; je ne saurais simplement les balayer. Si pour être bon il faut être fidèle à soi-même, alors pour arriver à la vertu il faut agir selon ses sentiments.

Et si c'est être sophiste que de jouer avec les mots pour justifier des préconceptions, soit, je le suis.

Je ressens à son égard de l'amour et du désir. Et une grande colère de me voir imposer de telles contraintes.

Le 12 juillet

Deux rêves profondément dérangeants cette nuit. Le premier me trouva dans un vieux cellier moisi auquel on accédait par un passage souterrain directement sous notre villa. Je m'étonnai d'en apprendre l'existence. Il faisait nuit mais j'arrivais à distinguer la forme de quelques vieux barils et d'un peu de bois de charpente abandonnés par terre. Une odeur étrange flottait dans l'air, s'accentuant au fur et à mesure que je traversais la pièce. Tout à coup je baissai les yeux et l'identifiai.

« Cet endroit est rempli d'excrément de serpent », fis-je, tout en fixant le sol, ébahie, car il ne m'était jamais venu à l'esprit que les serpents déféquaient tout comme les autres bêtes.

A mon réveil, ce détail me parut insignifiant et je me demandai pourquoi je m'étais attachée à une telle vétille alors que le tout était incompréhensible.

Plus j'y pensais, plus la crainte m'envahissait (j'ai toujours ressenti une grande répugnance pour les serpents.) Pendant près d'une heure, je ne réussis pas à retrouver le sommeil et, quand enfin je me rendormis, un autre rêve m'assaillit.

Cette fois j'étais à l'extérieur de la ville en train de regarder la montagne qui se dressait devant moi. Je voyais Drusus qui jouait sur une corniche à mi-hauteur de la pente. Je me mis à grimper vers lui, l'appelant de son nom. Derrière lui se trouvait une caverne dans laquelle il entra, ne m'ayant pas selon toute apparence entendue. Je me hissai sur la corniche pour lui emboîter le pas. Il n'y avait pas de lumière à l'intérieur et de nouveau il me fallait avancer à tâtons. Au début, je n'arrivais pas à voir Drusus puis je le découvris par terre roulé sur lui-même dans un coin de la caverne. Il était minuscule et tout ratatiné, beaucoup plus petit même qu'à sa naissance. Je le ramassai pour le bercer dans mes bras mais au même moment il se désagrégea et je vis que je n'avais entre les mains qu'un monceau de chiffons.

Nombreux sont les Chemins...

Je me réveillai brusquement, pénétrée d'un sentiment de perte, et pleurai pendant de longs moments. Depuis je suis inconsolable, obsédée par la pensée de la mort, persuadée que Drusus mourra par ma faute. Je m'accuse de ne pas avoir surveillé sa nourriture, d'avoir évité sa compagnie, d'avoir voulu m'en libérer.

Ces sentiments, ces rêves, découlent de mon désir. Il me faut redoubler d'efforts pour le maîtriser. L'attraction que je sens pour Camillus est comme la fièvre qui accompagne la maladie, je dois tout faire pour qu'elle ne s'intensifie pas. Loin de mener à la vertu, les actions fondées sur le désir ne font qu'ouvrir un chemin vers la folie.

Le 13 juillet

Je le revis pour lui confirmer que Properce ne s'objectait nullement à sa croyance chrétienne; nous respecterions sa foi, quelle qu'elle fût, ajoutai-je. En fait, je mentais car je ne m'en étais pas encore ouverte à Properce. Ses remerciements terminés, je lui demandai de me parler de sa religion, de m'expliquer sa conversion.

Elle s'était produite en Alexandrie, dit-il, où il avait passé deux années à étudier. Il y avait fait la connaissance d'un vieillard qui l'avait introduit auprès d'une communauté chrétienne; après quelque temps, il s'était intégré à leur congrégation et s'était fait baptiser. Je l'interrogeai à ce sujet, et il décrivit par le menu cette cérémonie. Il parlait sans ambages, avec sa franchise habituelle, répondant sans hésitation à toute question posée.

Il croit au prophète et maître (qu'il appelle rabbin) qui a pour nom Jésus de Nazareth. Celui-ci fut crucifié et enterré mais, au bout de trois jours, il aurait ressuscité pour se montrer en chair et en os devant un petit groupe de disciples. Croient-ils. Je lui fis part de mon scepticisme. Partout dans l'Empire il y avait des magiciens qui faisaient état du même genre de miracle; ce n'était certes pas les histoires de résurrection après la mort qui manquaient, les gens crédules les répandant librement sur la place publique. Si un tel événement avait effectivement eu lieu, continuai-je, voilà belle lurette que les commentaires et les histoires en auraient fait état. A ma connaissance, aucun d'entre eux ne faisait mention d'un tel phénomène miraculeux.

« Sans vous en rendre compte, répondit-il, vous avez peut-être indiqué quelle pourrait en être la raison. Le gouvernement romain ne se préoccupe pas des religions pratiquées dans ses territoires occupés. A ses yeux, les Juifs, ceux et celles qui adorent Isis ou Cybèle, ceux ou celles qui se prosternent devant Baal ou Mithras, tous se valent; ce sont là balivernes, superstition et « magie ». Ne croyant plus ou à peine dans leur propre religion, ils en concluent que toutes les religions sont également trompeuses. J'ajoute que je ne leur attache aucun blâme moral; comme tant d'autres, il leur manque les yeux pour voir. »

L'arrogance de cette remarque me frappa, et je lui demandai de s'en expliquer. « Notre capacité de voir et de comprendre est dès la naissance entravée, me dit-il. Nous sommes essentiellement de nature déchue, c'est ce qui

Nombreux sont les Chemins...

empêche notre volonté de suivre les conseils de la raison. Sans aide, seules quelques rares personnes auraient le don de voir de façon claire et de vivre en paix avec elles-mêmes. La plupart des hommes sont faibles, ajouta-t-il, comme lui l'avait été avant sa conversion. »

« Mais comment votre religion vous donne-t-elle des forces, » demandai-je, me disant intérieurement que pour l'instant ses dires ne différaient pas beaucoup de ceux d'Épictète.

« Par la foi, dit-il en toute simplicité. Ma foi a mis fin à toutes les incertitudes et à tous les doutes auxquels j'étais en proie avant de me joindre aux Nazaréens. »

« Mais comment faire pour atteindre cette foi ? », persistai-je, étant réellement curieuse de le savoir. Sa réponse me déçut.

« Je ne saurais vous l'expliquer; je ne peux que vous répondre qu'il s'agit là de quelque chose qui arrive à ceux qui ont le cœur disponible. Il fit une pause puis ajouta avec le sourire : Je vous proposerais bien d'ouvrir votre cœur à Dieu, mais vous y verriez sûrement la preuve que je souhaite vous convertir. »

Devant mon air surpris, il leva la main pour m'empêcher d'aller plus loin. « Je sais que vous avez eu de telles pensées, dit-il, c'est naturel. Il est vrai que nous autres chrétiens avons tendance à vouloir faire des prosélytes. Nous croyons avoir reçu en cadeau un don important que nous voulons par conséquent partager. Quelques-uns d'entre nous sont si anxieux de le faire qu'ils n'arrivent pas à faire la différence entre proposer de partager cette vision avec autrui et l'imposer grossièrement. De plus, nous n'avons pas vraiment de preuves qui aideraient à distinguer entre nos croyances et les superstitions de la populace. L'on nous confond d'ailleurs avec cette populace. Je sais moi-même qu'avant mon séjour en Alexandrie, les Nazaréens m'avaient paru tout à fait misérables. Peu de gens instruits prennent la peine de nous connaître. La plupart de nos membres sont pauvres; nous comptons parmi nos fidèles de nombreux esclaves, voire d'anciens criminels. D'autres choses nous marginalisent : notre refus d'assister aux Jeux, par exemple, ou de participer aux fêtes de l'État. Il s'ensuit que beaucoup de bruits et de calomnies circulent à notre sujet. »

Il réfléchit quelques instants, passant sa main dans ses cheveux bouclés, un geste enfantin et attachant que j'avais déjà remarqué.

Nombreux sont les Chemins...

« Bizarrement, reprit-il, je crois que les Nazaréens ont commencé à m'intéresser surtout parce qu'ils étaient l'objet d'un tel mépris. C'est en les connaissant, en voyant par moi-même la chaleur et la joie qui les caractérisent, les soins qu'ils se prodiguent malgré leur misère, que j'ai commencé à comprendre la force de leur croyance. En un sens, peu importe le contenu de notre crédo; on est amené à adorer le Christ non par les paroles mais par la lumière et la chaleur qui émanent de ses disciples. C'est une religion qui prêche d'exemple et non par le rite ou par les sermons, même si, ajouta-t-il d'un ton ironique, en ce moment je vous propose mon discours plutôt que mon exemple. Veuillez m'excuser; je ne peux pas parler de la foi des Nazaréens, je ne peux parler que de la mienne. Les règles de conduite n'ont pas encore été fixées pour notre congrégation. Nous avons pour l'instant un seul commandement : suivez autant que possible l'exemple du Rabbin Jésus et aimez-vous les uns les autres. »

« Aimez-vous les uns les autres, Camillus ? » fis-je en écho.

Rougissant, il détourna le regard.

« Je sais qu'il est de bon ton dans Rome de croire que notre communauté « dégénérée » se livre à toutes sortes de licences sexuelles, répondit-il après un silence. Voilà une des calomnies auxquelles je faisais allusion tout à l'heure. L'on a accusé les Nazaréens, je le sais, d'inceste, de bestialité, de tout ce qui, dans l'imagination fertile des patriciens, peut correspondre à leurs propres habitudes adultères. Je vous prie de me croire, cependant, quand je vous affirme que dans toutes les communautés chrétiennes que j'ai visitées, en Alexandrie, à Corinthe, à

Traduction Mair Verthuy

Rome, tous pratiquent l'abstinence. Voilà un des serments que nous formulons lors de notre baptême. »

Abstinence ! Le mot me porta un coup que je ressentis comme une gifle. Tous les chrétiens faisaient-ils un tel serment ? J'avais entendu dire que la secte préférait, pour des raisons spirituelles, éviter le contact sexuel, mais j'avais vaguement supposé que seuls leurs prêtres étaient fidèles à un tel idéal. Il était évident que tous les membres ne pouvaient pas prendre un tel engagement ; la communauté mourrait de sa belle mort si aucun des membres ne se reproduisait. Il ne pouvait quand-même pas soutenir, dis-je, que les couples chrétiens mariés pratiquaient la chasteté.

A nouveau il rougit.

« Pour la plupart, répondit-il, nous nous engageons à demeurer célibataires, mais ceux qui souhaitent avoir des enfants ont le droit de se marier. A l'intérieur du mariage, l'amour physique a droit de cité mais l'on attend des hommes et des femmes qu'ils demeurent fidèles jusqu'à leur mort. »

« Vous n'acceptez pas le divorce alors, quelle qu'en soit la raison ? »

« Non, pas du tout. Une fois qu'un homme et une femme sont unis aux yeux de Dieu, cette union ne peut être violée. »

« Et ce système fonctionne, Camillus, fis-je, incapable de résister au désir de le taquiner. L'adultère n'existe pas dans le camp des Nazaréens, ni même l'envie de s'y livrer ? »

Je me conduisais de façon très coquette; il devait en être conscient. Je le voyais presque qui se laissait aller à

Nombreux sont les Chemins...

me répondre sur le même ton mais quand enfin il prit la parole, ce fut sur un ton grave.

« Nous ne sommes pas parfaits, nous sommes des hommes et des femmes, de la glaise comme les autres. Nous faisons de notre mieux pour suivre les enseignements de notre Maître et prions pour que notre foi nous fortifie. »

Obstinément, je refusai de m'arrêter.

« Drusus souhaiterait vous voir marié, fis-je sur un ton badin. Remarquant que vous sortez la nuit, il en a conclu que vous aviez une amie. J'ai l'impression contraire. Vous fréquentez votre lieu de prière le soir, n'est-ce pas ? »

« Pendant une partie de la soirée, en effet. Pendant le temps qui reste, je travaille parmi les esclaves, je les aide avec leurs leçons de lecture. »

« Et vous leur apprenez en même temps les fondements de votre foi? »

« Est-ce mal, me demanda-t-il d'un air embarrassé. Mon enseignement leur apporte la joie et les aide à supporter leur souffrance. Ils ont si peu, et ils sont nombreux à subir un mauvais traitement. Savoir tracer les lettres de leur nom et déchiffrer les paroles de notre Rabbin, voilà ce qui leur donne une mesure de dignité et les place sur la route qui mène au respect de soi. Comment pourrais-je ne pas leur offrir cette possibilité quand il est en mon pouvoir de le faire ? Devant leur gratitude, on se sent si peu de chose. »

A ces paroles, mon humeur changea. J'eus honte et abandonnai mes taquineries. Mais à la place je fus saisie d'un féroce désir de le tenir dans mes bras, un désir

105

auquel succéda une intense anxiété. Je me tus et peu après mis fin à l'entretien.

Sa beauté me fend le cœur. Mais ma crainte croît au même rythme que mon désir. L'intention que j'avais de maintenir avec lui des relations purement formelles a échoué. En sa présence, une sorte d'enchantement s'empare de moi. Mes soucis s'envolent et quelque chose qui ressemble à de la joie m'envahit la gorge; les couleurs sont plus intenses, la sensation de l'air sur ma peau m'enivre. Le désir de le taquiner, de le séduire est plus fort que moi; je joue la coquette avant même de m'en rendre compte.

Je joue le rôle de séductrice, je veux corrompre son innocence. Comme c'est étrange. Jusqu'ici dans mes relations avec les hommes, j'ai toujours été l'objet, jamais le sujet, du désir.

La nouveauté de cette situation m'intrigue.

Pour succomber à mes charmes, il faudrait que Camillus viole le serment fait à son dieu. La seule idée d'une telle issue devrait le pousser à partir. Il me faut faire attention...

Mais à quoi pensé-je ? Quelle ironie du sort si nous devions notre salut à ses croyance ridicules.

le 14 juillet

Cette après-midi, je constatai quelque chose à la fois d'étonnant et de bizarre. Alors que je me rendais chez Drusus pour notre lecture d'Ovide, Camillus partait. En le voyant traverser la cour, je remarquai avec une certaine

Nombreux sont les Chemins...

surprise la ressemblance entre sa démarche et celle de mon père, la même façon détendue de poser le pied, le même léger déhanchement. Cela me rappela un autre événement. Assise à côté de Camillus l'autre jour, en baissant les yeux je jetai par hasard un regard sur ses pieds. Il portait des sandales très différentes de celles qu'avait portées mon père, mais la forme du pied me paraissait identique. Surgit en moi alors un vieux souvenir; je me rappelai qu'enfant je m'asseyais souvent aux côtés de mon père et lui caressais le pied pendant que lui me flattait les cheveux. L'image qui se dessina dans mon esprit était tellement vive que mon cœur s'en rétracta. Est-il possible que l'attraction qui me porte vers Camillus se fonde sur cette ressemblance physique ?

J'ai rêvé de lui cette nuit. Je me trouvais aux jardins publics dans Rome où l'on avait coutume de m'emmener enfant. J'étais accroupie dans un cercle de poussière en train de jouer aux osselets quand je sentis des yeux se poser sur moi. Je levai la tête et vis mon père, assis sur ses talons en bordure du cercle, qui me fixait intensément. Il avait la peau rugueuse et ridée, sa barbe et ses cheveux étaient grisonnants, il avait sa tête des derniers jours de sa vie. Sa présence ne m'étonna pas, mais je fus légèrement surprise par son sourire approbateur, comme s'il était fier de ma dextérité. Je lui souris en retour et continuai le jeu car je voulais lui montrer que je pouvais faire encore mieux, mais quand je levai de nouveau la tête, il était parti.

Quand sa mort survint, l'on ne me l'annonça que le lendemain. J'avais douze ans. Ma mère m'avait prise de côté pour m'expliquer que, pour des raisons d'ordre politique, mon père avait décidé que la seule issue honorable qui s'offrait à lui était le suicide. Avec l'aide donc de son médecin, il s'était ouvert les veines la veille au soir et avait trouvé la mort quelques heures plus tard. Elle me jura qu'il avait maintenu son calme et gardé ses esprits jusqu'à la fin. Je me souviens qu'elle m'avait dit que sa mort était celle d'une personne honorable et qu'avec le temps, je le comprendrais.

« Il ne faut pas que tu penses que ton père a fait cela parce qu'il ne nous aimait pas, dit-elle. Il ne pouvait nous offrir meilleure preuve de son amour. Nous devons respecter sa mémoire et le maintenir vivant dans notre cœur. »

Elle ne dit pas plus. Outre ces quelques phrases

Nombreux sont les Chemins...

conventionnelles, je ne me souviens pas de l'avoir vue offrir des signes extérieurs de sa douleur, ni sur le coup, ni plus tard. Selon toute apparence, la mort de mon père n'apporta pas grand changement à sa vie. Elle continua comme par le passé à se mouvoir partout en silence, sûre d'elle, distante, s'occupant de l'intendance avec une autorité tranquille.

Comme c'est étrange que mes souvenirs personnels d'elle soient si rares, comme si elle avait été davantage une présence que quelque chose de palpable, d'approchable. Bizarrement, elle avait déjà avant de mourir quelque chose du fantôme. A cette époque-là, j'étais déjà mariée et ne la voyais pas souvent. Une fois que je ne me trouvais plus sous son toit, elle semblait se désintéresser encore plus complètement de moi que quand j'avais été petite.

Je me suis fait dire qu'elle avait souhaité mourir avec mon père et que seul le souci qu'elle se faisait à mon sujet l'en avait retenue. A l'âge de quatorze ans, j'appris le détail des circonstances qui entouraient ce qui s'était passé. Néron avait offert à mon père le choix entre le suicide ou l'exécution; mon père choisit le premier, empêchant ainsi la confiscation de nos biens.

Sa « trahison » consistait en ceci : il avait dénoncé Néron quand celui-ci empoisonna son demi-frère Britannicus. Cela se produisit lors d'un dîner impérial; le bruit veut que Néron, en voyant Britannicus s'effondrer, ait ri aux éclats avant de se consacrer de nouveau, toute honte bue, à son repas. Plusieurs autres sénateurs ajoutèrent leurs protestations à celles de mon père, sachant tous qu'ils allaient ainsi au-devant de la mort.

Aussi honorable que puisse être un tel geste, comment un enfant peut-il pardonner à son père de l'avoir abandonné ? Je crois ne jamais avoir pardonné à mon père. L'explication que l'on m'offrit de sa place dans l'histoire ne pouvait en rien combler le vide laissé par sa mort, qui s'était cicatrisé avec le temps. Pire, ce que j'appris ne fit qu'ajouter à ma douleur un fond de culpabilité, car comment justifier sa rancune contre un homme si noble, si courageux ? Mais j'en avais de la rancune, j'en ai encore.

Ces réflexions me remplissent d'épouvante. Dire que moi-même j'avais envisagé il y a fort peu de temps d'abandonner Lucile et Drusus à des sentiments similaires, sans même le prétexte de l'honneur. Avec le recul, rien ne peut justifier mon désir du suicide du mois dernier.

le 15 juillet

Un fragment de rêve cette nuit où il me semblait être le dieu Apollon, gonflé de désir, en train de poursuivre Daphné par monts et par vaux. Ses cheveux flottaient derrière elle sur la brise. Je savais que la forme féminine qu'elle affichait masquait en réalité celle de Camillus. Je savais aussi que si je réussissais à l'attraper, elle se transformerait en arbre et que je tiendrais dans mes bras non sa chair tiède mais du bois inerte. Je m'en serais contentée cependant et je priais ardemment pour la réussite de ma poursuite mais, hélas, à la fin du rêve, je courais toujours.

Nombreux sont les Chemins...

Plus tôt dans la journée, j'avais lu le conte dans Ovide. C'est une belle histoire, une des plus charmantes de son répertoire. Tout en la lisant à haute voix, je m'étais de nouveau demandé pourquoi l'œuvre d'un poète si superbe lui avait valu l'exil. Les hommes qui nous gouvernent craignent-ils tant ceux qui nous poussent à nous aimer les uns les autres ? Faire la lecture de ce poème à Drusus était pour moi une expérience étrange. L'histoire commence quand Phébus Apollon tue l'énorme python et exige en guise de récompense que son frère Éros lui offre son carquois et son arc sacrés. Outré par cette arrogance, Éros décide de lui faire la leçon. Il refuse de renoncer à son arc mais tire plutôt deux flèches, l'une (le désir) qui perce Apollon jusqu'à l'os, la deuxième (l'aversion) frappant la nymphe Daphné. Quand Apollon aperçoit cette dernière, il en tombe éperdument amoureux, mais, terrorisée, elle le fuit; il est clair chez Ovide que c'est la vue de la torche nuptiale qui inspire à celle-ci la panique. Pourtant Apollon la poursuit toujours, lui proposant son amour, sa protection, sa couronne, mais en vain.

Jusqu'à ce moment-là de l'histoire, je lisais les vers sans aucune gêne, mais tout à coup je me rappelai l'érotisme du passage qui suivait et j'eus un instant d'hésitation. Je compris soudain tout le pouvoir de séduction de ce langage figuré et la facilité avec laquelle une imagination enfantine pouvait s'enflammer à son contact. Je compris aussi pourquoi Auguste avait fait exiler Ovide, car il n'avait pas entièrement tort de penser que ces poèmes pouvaient corrompre l'esprit de sa petite fille. Un bel ouvrage chargé d'érotisme et qui proclame la souveraineté de la passion constitue effectivement une menace pour l'harmonie du corps social, ou du moins celle de son unité de base, la famille. Était-il tout à fait convenant que je continue de lire le texte à haute voix devant Drusus, me demandai-je à plusieurs reprises, mais en fin de compte je me laissai emporter par le lyrisme de son langage, ne demandant qu'à servir d'interprète à sa beauté. Je lisais sans retenue aucune, regrettant seulement que Camillus ne fît pas partie de mon public.

Phébus allait en dire davantage, mais la fille du fleuve Pénée, apeurée, se déroba et le laissa là, lui et son discours inachevé;
elle offrait alors le spectacle d'une grâce émouvante.
Les vents dévoilaient son corps, leur souffle qu'elle affrontait agitait ses vêtements offerts de face à leurs assauts;
la brise légère repoussait en arrière ses cheveux; la fuite l'embellissait encore.
Et dans la course, le jeune Phébus retint son souffle afin de maintenir sa vitesse, pensant réduire la distance qui les séparait, espérant la contourner, la harceler tel un lévrier à la poursuite d'un lièvre, ses dents, sa gueule noire mordillant presque ses chevilles.
Le dieu mû par l'espoir, elle par le désespoir couraient toujours, les lèvres de l'homme touchant enfin l'épaule nue, quand la pucelle, essoufflée, apercevant les ondes

Nombreux sont les Chemins...

d'une rivière connue, le domaine de son père, d'une voix mourante cria : « Père, si les eaux détiennent encore des charmes pour sauver votre fille, couvrez de terre, je vous supplie, ce corps qui m'est trop lourd. »

A peine sa phrase finie, le sommeil la saisit; enracinée dans la terre, elle se dressait, ses cuisses roses enveloppées d'écorce, ses bras blancs transformés en rameaux, sa tête auréolée de feuilles vertes.

Tout ce qui était Daphné s'inclinait dans le souffle du vent, les feuilles brillantes recouvraient ses cheveux; laurier elle devint.

Quelle histoire enchanteresse. J'étais encore tellement sous son charme que j'eus du mal à répondre à la question de Drusus quand il me demanda:

« Mais qu'est-ce que cela veut dire, mère ?»

Qu'eût-il fallu dire ? Qu'Ovide veut nous faire comprendre que l'amour est double; que ses deux enfants, le désir et la peur, sont à tout jamais opposés l'un à l'autre; qu'il nous révèle la souffrance de l'être qui aime et poursuit sans espoir d'être aimé en retour ? Voilà comment l'on me l'avait enseigné, mais à la réflexion, il me semblait que l'histoire était davantage celle de Daphné que celle d'Apollon. Ovide s'identifie à elle, se glissant dans son corps, sentant ses propres bras se transformer en rameaux feuillus. Peut-être, me disais-je, fallait-il voir là une parabole au sujet de la femme qui fuit sa propre nature. Effrayée par sa passion, Daphné supplie son père de la libérer de sa forme terrestre; cette supplication représente le choix qu'elle a fait de demeurer célibataire et intacte, de ne pas se laisser « asservir. » Dans cette mesure-là, elle est héroïne, mais elle est en même temps victime; au lieu de surmonter sa peur et de la dominer, elle s'y soumet. En fuyant l'amour, elle se préserve mais dans quel but ? Son évasion est une fuite en avant vers la mort, quelle que soit la beauté de la forme qu'elle adopte.

Il s'agit du pouvoir de l'amour, répondis-je à Drusus. C'est une leçon que nous offre Ovide au sujet du pouvoir de l'amour. Ni le pouvoir d'Apollon, ni, pour tout dire, celui de l'Empereur, ne peuvent faire fi de l'autorité de l'amour. Eros vainc Phébus Apollon, prouvant ainsi que c'est lui le plus puissant, prouvant qu'il peut provoquer la défaite du seigneur même des dieux. Voilà ce que le laurier doit nous rappeler. Quand, aux Jeux, l'on couronne les vainqueurs de lauriers ou lors d'un Triomphe les généraux, cette couronne sert à leur rappeler qu'ils ne doivent pas se laisser aller à trop de fierté, que même un guerrier doit respecter le pouvoir du dieu de l'amour.

Ma conclusion était fort moralisatrice, mais je n'avais rien trouvé de mieux. Drusus me regarda un peu troublé mais fort heureusement ne me posa plus de questions.

* * * * *

Au départ, le père de Daphné est un peu rétif, ne voulait pas accéder à sa requête. Il veut des petits-enfants, n'approuve pas cette vocation de chasteté chez sa fille. Souhaitant qu'elle connaisse l'amour, il se déclare l'allié d'Éros. Sa décision de se laisser fléchir, de la laisser

Nombreux sont les Chemins...

adopter la forme qu'elle veut, n'en est que plus émouvante.

Qu'est-ce qui dans mon rêve avait provoqué le sourire approbateur de mon père : l'amour que je porte à Camillus ou les efforts que je fournis pour y résister ? Impossible de savoir; son sourire me réconforta cependant.

le 16 juillet

Je reçus aujourd'hui une lettre très aimable d'Æmilia. Je lui avais écrit pour lui faire part de mes préoccupations au sujet de Lucile et pour demander des renseignements sur la communauté chrétienne à Rome. Voici ce qu'elle me répondit :

Chère Claudia,

Votre lettre, comme toujours, m'a fait un grand plaisir; vous devriez écrire plus souvent.

En réponse à la question au sujet de la secte nazaréenne, j'avoue ne pas être très renseignée à leur sujet. Tout ce que sais directement, je le sais par mon amie Sabine, qui a une esclave convertie. Auparavant celle-ci était maussade et difficile à vivre; aujourd'hui, dit Sabine, elle est tout à fait agréable et infiniment plus serviable.

Cette croyance me paraît inoffensive et, n'était la confusion entre cette secte et les Juifs, je crois qu'il n'y aurait guère de préjugé à leur égard. Les bruits au sujet des Nazaréens sont pour la plupart sans fondement; celui qui leur attribue des pratiques

115

sexuelles licencieuses me semble particulièrement exagéré. D'après la chrétienne de Sabine, la chasteté est chez eux la vertu suprême; c'est avec beaucoup de réticence qu'ils acceptent même le mariage. Je crois comprendre que les hommes en particulier aspirent au célibat s'ils en sont capables.

Devant cette attitude, l'on comprend plus facilement que nous autres Romains, exhortés que nous sommes tous les jours à nous vouer à la famille, nous les voyions d'un mauvais œil. Cela n'explique évidemment pas pourquoi nous sommes si prêts à croire ces histoires d'actes sexuels illicites, alors qu'elles semblent si contraires à la vérité. Je nous soupçonne de nous opposer à la secte nazaréenne surtout parce qu'ils se considèrent supérieurs aux autres et se permettent de nous juger. Nous les accusons d'être hypocrites parce que nous n'arrivons pas à croire que leurs pratiques puissent correspondre à des idéaux aussi élevés. Et peut-être que dans notre cœur, nous nous méfions du principe même de la chasteté. Malgré les louanges officielles dont elle fait l'objet (c'est toujours Octavie que l'on nous offre en modèle à l'école, jamais Poppaea), elle ne semble pas faire beaucoup d'adeptes parmi nous.

Les honnêtes gens fuient les chrétiens, à mon avis, surtout parce qu'il existe une confusion dans la tête de bon nombre d'entre eux entre les tenants de cette secte et les Juifs. Rappelez-vous que la rébellion juive qui eut lieu il y a neuf ans, quand Titus se vit obligé de détruire Jérusalem, éveille encore une grande colère chez les Romains, une colère née de la

Nombreux sont les Chemins...

crainte. Les zélotes hébraïques, quoique minoritaires, furent d'un fanatisme absolu, et la crainte que la rébellion ne s'étende à d'autres Juifs de l'Empire, dont certains occupaient une place importante dans le gouvernement, était très répandue. À l'origine beaucoup de chrétiens étaient Juifs, bien sûr, alors on les soupçonne volontiers de trahison.

Je pense qu'avec le temps ce soupçon diminuera, surtout quand, dans la tête des gens, la différence entre les deux groupes sera plus claire et la situation palestinienne plus calme.

Je regrette de ne pas avoir été plus utile; probablement que je ne vous apprends rien que vous ne sachiez déjà. Je ferai mieux la prochaine fois.

Vous n'avez probablement pas d'inquiétude à vous faire pour Drusus; Camillus est sûrement un homme d'une grande intégrité; Properce ne l'aurait pas engagé autrement. Quant à Lucile, vous faites bien de suivre les conseils de votre mari. Je sais qu'il nous est difficile d'accepter que nos enfants deviennent indépendants, mais c'est la vie. Lucile est en âge de faire ses propres erreurs. Quand, enfants, ils apprenaient à marcher, nous pouvions tendre la main pour les empêcher de tomber. Évidemment, cet instinct ne nous quitte pas avec les années ou tarde à le faire. Mais c'est un geste futile et qui peut faire autant de tort que de bien. C'est bien triste, mais vous savez bien qu'il faut faire ses propres expériences dans la vie; on n'apprend rien à partir des erreurs des autres, en apparence tout au moins. Souvenez-vous néanmoins que Lucile est probablement plus forte que vous ne le pensez et peut-être même plus intelligente. En fin de compte, elle peut avoir choisi pour le mieux.

Marcus vous salue bien; nous vous souhaitons beaucoup de bonnes choses. Vous êtes toujours les bienvenus chez nous à Rome.

Saluez bien Properce pour moi. J'espère que le théâtre se porte bien.

Votre affectueuse Æmilia

le 18 juillet

Depuis plusieurs jours, j'étouffe toute velléité de voir Camillus, mais il vint me rejoindre au jardin ce matin. A mes questions sur l'état de santé de Drusus, il répondit que mon fils avait un mal de tête; il n'y avait là rien de sérieux, mais Tite-Live et les guerres civiles ne perdraient rien pour attendre le lendemain. Il m'annonça qu'il encourageait Drusus à sculpter la glaise, ayant constaté qu'il avait un talent artistique considérable. Je hochai la tête d'un air avisé, tout en étant fort surprise de l'apprendre. Il imite parfaitement bien le travail des autres, ajouta Camillus; il a fait une tête de Jules César tout à fait ressemblante. Maintenant je veux qu'il abandonne les copies en faveur du modèle vivant, et à l'heure où nous parlons, il fait ses premiers essais sur le chat. Tous deux sont heureux.

Camillus était de bonne humeur.

« Je m'étonne que vous lui offriez César en modèle », fis-je, mais en échange, il sourit, et se contenta d'ajouter qu'ils n'avaient pas réussi à trouver un buste de

Nombreux sont les Chemins...

Brutus puisque dans les boutiques ils se faisaient rares.

Il a raison. Nous n'avons plus sous les yeux ces anciens exemples de la vertu républicaine, bien qu'il ait fallu qu'il m'en fît la remarque pour que je m'en rende compte. Sur les étals, l'on trouve des bustes ou des figurines de nos empereurs, nos généraux, nos philosophes, même des auriges et gladiateurs les plus cotés, mais le visage de ceux qui se mirent au service de la République est un phénomène en voie de disparition.

« Vous admirez la République, je le sais, Camillus, fis-je, mais ne croyez-vous pas que depuis dix ans Rome a été bien gouverné ? Sous Vespasien, l'empire est resté puissant sans que nous ayons eu à faire la guerre; de plus nous connaissons une ère de grande prospérité. »

« Qui connaît cette prospérité ? vint la réplique. Je me demande si vous avez eu l'occasion récemment de visiter les quartiers pauvres de la ville. »

« Mais, Camillus, il y a toujours eu des pauvres, m'objectai-je. Et, pour tout dire, les pauvres se portent mieux aujourd'hui qu'auparavant. Grâce à l'introduction par Vespasien des subsides pour le blé, personne n'a de raison de mourir de faim. Les choses vont certainement mieux maintenant que durant les années turbulentes qui ont précédé son règne. »

« Vous avez raison, répondit-il. Mais pourquoi voulez-vous que nous ayons comme seul choix, d'un côté l'agitation de la guerre civile et de l'autre la tyrannie du système impérial ? Le fait qu'à l'occasion nous tombons sur un empereur humanitaire comme Vespasien ne change rien à la question. Le vrai choix se pose non entre la guerre civile et le règne impérial mais entre le règne impérial et un système de gouvernement républicain. Je ne crois pas que le processus historique soit tel qu'une république aboutisse nécessairement soit au chaos soit à la tyrannie; celle que nous avons connue s'est maintenue de façon stable pendant plus de trois cents ans. »

« Avec des riches et des pauvres, comme à l'époque actuelle », lui rappelai-je.

Je ne sais plus pourquoi je me livrais à cette discussion; il n'y avait aucune divergence réelle entre nous. Peut-être que je me sentais plus en sécurité avec un tel sujet qui permettait à d'autres émotions de s'exprimer en sourdine qu'avec le silence qui n'était pas sans receler ses dangers.

« Ne pourrait-on pas avancer que Rome a retenu au moins quelques éléments de la démocratie ? poursuivis-je. Le Sénat exerce encore ses droits et les citoyens jouissent des libertés fondamentales. »

Pour toute réponse, il me fit une grimace tout comme s'il s'adressait à un enfant ou que moi je me conduisais comme tel.

« La liberté, s'exclama-t-il, sur un ton très dur; quand aujourd'hui l'homme parle de liberté, il parle tout au plus de l'absence de crainte. Il veut dire que la loi nous protège de l'emprisonnement ou de la torture, de la mise à mort arbitraire par ceux qui gouvernent. Mais même ces droits-là ne sont pas réellement acquis; on en profite pour le moment parce que l'Empereur actuel trouve à son goût de respecter les décrets du Sénat, dont la plupart des membres sont de toute façon à sa solde. »

Je fis semblant de me concentrer sur mon travail d'aiguille, mais de temps en temps, je levai subrepticement le regard sur lui. Lentement il parcourait de long en large l'espace qui nous entourait, s'arrêtant ici et là, pour examiner une fleur ou enlever de la haie une feuille morte.

« Vous vous exprimez avec beaucoup de cynisme, Camillus, fis-je. Avouez que Vespasien a au moins gouverné sans violence et qu'apparemment la cour ne s'est pas livrée à une conduite licencieuse. »

Il arrêta son mouvement pour me faire face.

« Il est vrai que personne n'a été exécuté, mais, durant la première partie de son règne, Tibère aussi a respecté la loi, ainsi qu'Auguste, d'ailleurs, ce qui ne nous empêcha pas pendant des décennies d'être gouvernés par des fous, tels que Néron, Caligula, et même, à la fin, Tibère. Qui va nous garantir que Vespasien demeurera sain d'esprit, ou que son successeur le sera ? Ce que nous savons du tempérament de son fils héritier n'augure rien de bon pour l'avenir. Demain à notre réveil, nous pourrions être confrontés à un enragé de plus dont les caprices décideraient de notre vie ou de notre mort. »

« Aucun système politique ne peut garantir notre sécurité, répondis-je. Personne n'est à l'abri du changement.

« Et qui fait preuve maintenant de cynisme ? Il me taquinait mais reprit dans une veine plus sérieuse. La liberté telle que nous la concevons aujourd'hui me semble l'ombre de ce qu'elle était. Nous la pensons en termes d'individus, et elle ne signifie plus pour nous que la sauvegarde individuelle. Nous nous contentons de quelques libertés restreintes : celle de lire ou de dire ce que nous voulons - toutes proportions gardées - au sujet de ceux qui nous gouvernent, ou alors celle d'acheter ou de vendre sans restrictions. Quelle trivialisation depuis la belle époque de la République, et quel égoïsme ! »

Il s'était remis à marcher.

« La définition actuelle exclut tout espoir de réclamer de nouveau le droit de participer au pouvoir. Elle ne représente plus le principe de l'autodétermination collective, à peine le désir tout négatif de conserver sa sécurité personnelle tant que l'on obéit aux arrêtés impériaux. C'est une liberté bien illusoire, que l'on nous accorde parce qu'elle n'entraîne aucun changement. Faut-il appeler réalisme, prudence ou lâcheté, cette volonté d'accepter la déchéance de l'idéal de nos aïeux ? Pour moi, il s'agit de lâcheté. Il faut que le changement arrive. La violence et la corruption qui nous entourent ne connaîtront aucune diminution tant que les gens n'auront pas compris leur dimension réelle, tant qu'ils n'auront pas cessé d'y voir une espèce d'ordre naturel. »

« Je ne suis pas sûre de vous suivre, Camillus, rétorquai-je. Un système de gouvernement républicain ne laisse-t-il pas plus de place à l'instabilité ou au chaos éventuels qu'un strict contrôle impérial ? »

Mais il s'opposa à cette idée.

« La République conçue par nos aïeux avait comme raison d'être de rendre caduque la guerre civile, arguait-il, en empêchant le fossé entre les classes de trop s'élargir. La République était perdue le jour où le Sénat s'était mis à se servir de son autorité pour ne défendre que ses propres intérêts de classe, semant ainsi les graines de la discorde civile et ouvrant le chemin à César. Nous n'avons pas fini d'en payer le prix, continuait-il, le plus lourd est peut-être encore à venir, et, en attendant, les pauvres continueront de subir les sévices de ceux pour qui le pouvoir est une fin en soi. »

Il se tut quelques secondes, mais quand il se remit à parler, l'amertume ne l'avait pas quitté. « Gouverner avec l'assentiment des gouvernés. Quelle dérision que ce vieux dicton, alors que l'égoïsme et la cupidité caractérisent notre réalité. Il me vient une pensée laide; peut-être méritons-nous de nous faire gouverner ainsi. C'est nous qui acquiesçons à la corruption dans laquelle nous trempons tous les jours. Nous remettons notre pouvoir entre les mains d'hommes vaniteux et impitoyables, hypothéquant ainsi de notre plein gré nous-mêmes et notre avenir. »

L'intensité de sa parole m'effraya quelque peu; je ne l'avais jamais vu s'emporter lors d'une discussion. Voyant ma réaction, il s'en excusa.

Traduction Mair Verthuy

« Je crains d'avoir un long chemin à parcourir avant de devenir un véritable chrétien, avoua-t-il. La misère gratuite des pauvres m'enrage, autant d'ailleurs que le système impérial. Notre religion nous apprend à détester le péché mais à aimer le pécheur; le Rabbin n'a jamais indiqué cependant de façon claire s'il fallait aimer les institutions qui nous font souffrir ou lutter pour nous en libérer. »

« Ah ah, fis-je sur un ton taquin. Alors le gouvernement de Rome a bien raison de se méfier de vous autres Nazaréens. Vous voulez effectivement du tort à l'Empire; en fait, vous souhaitez le voir aboli. »

Sur ce, il s'alarma, craignant que les opinions dont il m'avait fait part ne soient prises pour celles de l'Église entière; tel n'était pas le cas, affirmait-il. Ni lui ni aucun autre n'étaient autorisés à parler au nom des nombreux peuples qui suivaient la doctrine du Christ, mais il croyait néanmoins pouvoir avancer que le seul Empire qui intéressât les chrétiens était celui qui existait dans leur cœur. « Aucun disciple du Christ, ajoutait-il, ne s'élèverait de façon violente contre l'État. Toute créature humaine, même le centurion le plus sadique, est pour nous un frère, dit-il. Il est de notre devoir, croyons-nous, de travailler au changement, mais l'on nous a enseigné qu'il ne faut jamais rendre un mal pour un mal. »

En guise d'illustration, il me raconta une histoire merveilleuse au sujet de l'arrestation de son Rabbin. Il semble que, la nuit où l'on vint l'arrêter, celui qu'ils appellent le Christ ait veillé dans un refuge de la montagne avec ses disciples. L'un de ces derniers, voulant éviter que l'on se saisît de son maître, avança et de son épée coupa l'oreille de l'un des gardes romains. Dans la seconde qui suivit, le Rabbin gronda le disciple et, tendant la main, guérit la blessure.

« Range ton épée, dit-il à son disciple. Je suis venu pour apporter non l'épée mais la paix. »

La façon qu'avait Camillus de me raconter cette histoire me toucha; il parlait sur un ton extrêmement doux comme si le sujet qu'il traitait était infiniment précieux. Il m'avoua que sa foi s'était confirmée surtout à la suite de cette histoire.

« Elle est belle, Camillus, répondis-je avec prudence. Mais croyez-vous vraiment que votre Rabbin ait pu guérir l'oreille du garde ? Cela me paraît, pour en dire le moins, douteux. Et qu'est-ce qui est arrivé à l'autre, celui qui s'en est pris au garde ?

Cela ne vous paraît-il pas incroyable ? Celui qui est assez téméraire pour attaquer un garde romain en exercice se ferait vite tuer, n'est-ce pas, ou tout au moins arrêter. »

Il détourna les yeux et mit un certain temps à répondre.

« Peut-être l'autre garde s'est-il laissé émouvoir par le geste du Rabbin, dit-il, en mesurant chaque syllabe; peut-être l'histoire a-t-elle subi quelques modifications en cours de route. Je ne peux ni ne veux me porter garant de tous les miracles que l'on attribue à notre Seigneur, Claudia. De toute manière, leur sens littéral m'importe peu. Ce qui compte, c'est la transformation dont j'ai été témoin chez les gens qui croient en cet homme et essayent de suivre son chemin. Notre secte comprend d'anciens gladiateurs, le saviez-vous ? Il est étonnant de voir des hommes qui ont été dressés à être des tueurs professionnels renoncer à la violence et découvrir de leur propre chef une virilité d'un genre nouveau. »

Je ne sais pas pourquoi, peut-être parce que je croyais que Socrate entre autres avait déjà fait la preuve d'une nouvelle forme de virilité, mais là-dessus je lui demandai s'il avait lu Épictète. Je lui expliquai le programme d'étude qu'Eutarque m'avait préparé (sans lui en communiquer la raison) et ajoutai que je trouvais Épictète extrêmement convaincant, comme auteur, comme penseur. Camillus ayant indiqué qu'il le connaissait mal, je lui demandai de le lire, ce qu'il promit de faire.

« Faites attention, Camillus, il pourrait vous convertir. » Je le taquinais au moment de son départ. Il me fit le geste du gladiateur qui relève le défi, et nous nous quittâmes.

J'exultais. Il est aussi attiré par moi que je le suis par

lui, je le sens. Il n'y a que cette absurde foi qui l'empêche de le comprendre et d'agir en conséquence. Quelle est cette religion contre laquelle je me dresse, et pourquoi exige-t-elle de ses disciples cette chasteté perverse ? Peut-être n'ai-je pas besoin de le convertir absolument, je dois simplement le persuader que cet aspect-là de son crédo n'a aucun sens ...

Pourquoi est-ce que j'écris de telles choses ? Je suis envoûtée, je fais exprès de rejeter et la raison et la moralité. Je ne vaux pas mieux que le joueur invétéré qui, par sa manie, entraîne sa famille dans la ruine. Tout se passe comme si quelque part en moi quelque chose avait fait le vœu de séduire cet homme, et je n'arrive plus à me couper du jeu.

Nous vaincrons, une de mes voix intérieures annonce déjà ma victoire. Tu te condamnes à la souffrance et à la folie, admoneste l'autre. Mais à chaque jour suffit sa folie. Pour l'instant je fais fi de toute logique. Imbue de la « torpeur enivrante » d'Ovide, rendue dolente par le désir qui se répand dans mes veines, je complote, j'intrigue, je tisse des toiles de soie ...

Le 19 juillet

Hier soir après le dîner je retins Camillus. Pendant le repas, nous avions parlé du dernier scandale venu jusqu'à nous de Rome. Un sénateur bien connu s'était vu accuser d'avoir accepté des pots-de- vin importants en échange de l'octroi d'un monopole sur la vente des armures à la garde prétorienne. Une telle corruption est aujourd'hui si quotidienne que l'on finit par traiter un homme honnête avec le mépris dû au simple d'esprit. Properce semble fatigué, un peu déprimé. Il émit l'opinion que le système de gouvernement impérial doit à un moment donné se transformer en un système plus représentatif, mais même à ses propres oreilles, je crois, ses arguments sonnaient faibles et inadéquats. Il s'excusa tôt, arguant d'une légère indisposition, et nous laissa seuls, Camillus et moi.

Ce dernier demeura silencieux après le départ de Properce. Pour éviter qu'il parte à son tour, je repris la conversation, lui demandant s'il partageait l'optimisme de mon mari. « La perspective d'un véritable changement, de notre vivant tout au moins, me paraissait, disais-je, relever de l'espoir dérisoire. La très grande majorité de la classe patricienne se contente tout à fait de la présente disposition, comme vous me le signaliez l'autre jour. Ceux qui en sont mécontents, les plébéiens et les esclaves, n'ont aucun pouvoir. Comment peut-on croire alors, avec une relative conviction, que le système impérial changera ? »

Il reconnut qu'un système qui avait mis des décennies à se développer risquait peu de disparaître du jour au lendemain, ajoutant toutefois qu'il était au fond d'accord avec Properce.

« Quand l'injustice et l'inégalité atteignent un niveau intolérable, et nous sommes sûrement proches à l'heure actuelle d'un tel niveau, elles doivent nécessairement donner lieu à un mouvement contraire. Je ne suis pas d'accord avec Properce cependant quant à la manière dont ce renversement se produira. Je ne conçois pas une renaissance du républicanisme, je ne crois pas non plus que le Sénat puisse être source de changement. Les

Nombreux sont les Chemins...

membres en sont trop riches, et l'alliance entre l'armée et l'Empereur est trop puissante pour qu'ils s'y opposent.

Non, non, si un changement doit s'effectuer, il viendra de quelque chose qui se passera d'abord dans l'esprit des masses laborieuses pour pénétrer ensuite dans le cœur de ceux qui nous gouvernent. Quand une telle chose se produira, si effectivement elle se produit, l'Empire romain s'écroulera. Il sourit. Mais je ne prétends pas savoir quelle forme de gouvernement y succédera, ajouta-t-il d'un ton léger. En ce sens, la vision que j'ai de l'avenir est un rêve, une simple projection de l'imagination; vous avez raison de vous en méfier. »

« Vous vous percevez quand-même comme un des agents de ce changement, n'est-ce pas, Camillus ? poursuivis-je. Quand, l'autre jour, j'avais suggéré que les Nazaréens constituaient une menace pour l'Empire, vous l'avez nié, mais vous semblez maintenant dire le contraire. Pourquoi l'Empereur devrait-il faire davantage confiance à votre secte qu'aux Zélotes hébreux ? »

Il réfléchit, fronça les sourcils.

« Peut-être que de leur point de vue, nous constituons une menace, mais pas dans l'acception générale du mot. Les Zélotes ont pris les armes contre Rome et se sont livrés à une guerre de rébellion très violente. Il est interdit à nous autres Nazaréens de nous engager dans le moindre acte de violence, quel qu'il soit. Notre Rabbin nous a enjoints non pas de résister au mal mais de répondre au mal par le bien. Si un jour une majorité du peuple vient à y croire, les fonctionnaires du gouvernement eux-mêmes ne pourront que changer. Les empereurs chercheront à obéir à la volonté de Dieu plutôt qu'à la leur, et dès ce changement, Rome cessera d'exister.

Il fit un sourire en coin. En vérité, toute menace que nous autres Chrétiens pourrions poser, non seulement est-elle hypothétique mais elle ne concernerait qu'un avenir fort éloigné. Je ne vois aucune nécessité pour Vespasien, ni toute autre personne en fait, de s'effrayer. »

« Toute autre personne, » c'était moi, selon toute évidence.

« Vous me mettez dans une situation difficile, répondis-je. Si je ne subis pas le changement d'attitude auquel vous avez fait allusion, et je crois comprendre par-là que vous voulez parler d'une conversion à votre foi, je serai classée parmi ceux qui appuient une injuste tyrannie. Cela ne me paraît guère juste. »

Il fut consterné de s'être fait mal comprendre, et s'excusa de nouveau. Ce n'était pas nécessaire; l'injustice venait de moi; je savais bien qu'il ne cherchait pas à me convertir. Je le rassurai et m'excusai à mon tour. Peu après, il se retira pour s'occuper de ses protégés en ville.

Après son départ, je restai quelque temps dans le jour

Nombreux sont les Chemins...

déclinant du crépuscule et savourai notre échange. Je sais que nous ne pouvons pas, et ne devons pas, faire l'amour (mes fantasmes d'hier me font honte) mais la pensée d'une amitié éventuelle entre nous me réchauffe le cœur.

Je lus un peu puis essayai de dormir, mais le lit me paraissait chaud et les draps irritaient partout ma peau. Je me retournai longtemps sans résultat; à chaque mouvement mon esprit plongeait plus profondément dans la mélancolie. Finalement je me levai et allumai une chandelle. Je voulus écrire mais ne trouvais pas les mots pour exprimer le sentiment du néant qui de plus en plus m'envahissait. Chaque effort retomba paralysé, noyé dans le mépris. Ma préoccupation avec moi-même, la religion de Camillus, toute prétention à la vertu (y compris, et surtout, la mienne) me paraissaient être autant d'excrément. Je ne sais pas ce que j'écrivis des variations monotones sur le thème de l'insignifiance, des descriptions stériles du paysage de la culpabilité. A l'aube, dégoûtée, je jetai le rouleau par petits bouts dans les flammes.

Depuis ce matin, je me promène dans une espèce de vacuité. Une horreur quelconque me guette, je le sens, c'est inévitable. Je l'entends presque, comme dans la distance le chant constant de la cigale; elle frémit dans l'air devant moi comme les vagues de chaleur flottent au-dessus du carrelage. En nier l'existence, attribuer ces sentiments à la maladie, voilà le chemin de la santé mentale, mais quelque chose en moi résiste.

Volonté : j'essaie de fixer le mot, de le retenir, mais il se désagrège en autant de lettres, de sons futiles. Je le vois comme un fétu qui flotte sur la crête de la vague, se

Traduction Mair Verthuy

pavanant, l'air absurde, comme s'il choisit lui-même l'orientation de son trajet, alors qu'en réalité il est entièrement à la merci des vagues.

S'accrocher à la Volonté, c'est s'agripper à un fétu : n'est- il pas plus honorable de se laisser couler ?

le 20 juillet

Hier, malgré la dépression qui m'habitait, je me déplaçai jusqu'à Stabiae. Le ciel était complètement couvert mais les nuages ajoutaient une nuance argentée à la lumière, qui, ici et là, par faisceaux, frémissait sur l'eau, comme si tournoyaient à la surface de celle-ci des grappes de lucioles. Ma dépression ne résista pas à tant de beauté; heureuse de ce répit, je m'abandonnai entièrement au doux bercement de la barque et à l'odeur de la mer. Une fois, jetant un coup d'œil à Scamandre, je constatai que tout en ramant il me faisait des sourires, comme si, en me faisant plaisir, il se faisait plaisir à lui-même. Je lui rendis son sourire, mais, dans la seconde qui suivit, un désir incontrôlé de revoir Camillus m'étreignit.

A mon arrivée à la villa, Brytha vint à ma rencontre pour m'informer que sa maîtresse était dans les lieux et souhaitait me   recevoir dans sa chambre. Clio était étendue sur sa couche, s'appuyant sur des coussins. Elle avait les traits tirés, l'air malade, son visage et ses bras avaient la blancheur de sa chemise. Son épaisse chevelure noire s'étalait sur ses épaules; la boucle solitaire reposant sur son cou paraissait avoir plus de vitalité qu'elle. Avec un effort, elle réussit à me faire un pâle sourire, me faisant signe d'avancer vers le lit.

« Ne dites mot, dit-elle, voyant ma frayeur. Ce n'est

Nombreux sont les Chemins...

rien, une indisposition passagère. » Elle insista pour que je m'installe à ses côtés pour lui tenir compagnie, prétendant que sa langueur était imputable au seul ennui de n'avoir personne avec qui parler.

Elle demanda de mes nouvelles, se renseigna sur mes progrès avec les Stoïques. Je lui répondis que je me laisserais facilement persuader par le langage d'Épictète mais ajoutai que, plus je le lisais, plus je me sentais hypocrite. « La primauté qu'il accordait à la raison ne coïncidait pas avec ma propre expérience, expliquai-je. S'il a raison d'avancer que le but de toute vie est d'atteindre le calme intérieur par le perfectionnement de la volonté, alors je crains d'être vouée à l'échec, fis-je. Avouez que ma situation est triste. Je reconnais qu'il est moralement nécessaire d'orienter sa vie selon les préceptes de la raison mais ne me sens pas capable de le faire moi-même. »

« Vous voulez dire qu'il vous arrive de vous envoler ? »

Je la regardai d'un air interrogateur.

« Vos émotions, elles vous emportent parfois jusqu'au ciel, tout comme le Phaéton du mythe, n'est-ce pas ? Vous êtes là qui planez merveilleusement dans les cieux, mais tout à coup la peur vous saisit, vous vous dites que ce que vous faites est trop indiscipliné, trop dangereux, vous ressentez un vertige et vous vous imposez un frein. Et voilà que vous vous retrouvez sur terre (ou, pis encore, en enfer), mais dans l'un ou l'autre cas, vous vous jurez à l'avenir de vous accrocher à la raison, de ne jamais vous laisser aller de nouveau. Est-ce bien comme cela ? »

Son vocabulaire imagé m'avait secouée.

Traduction Mair Verthuy

« A peu près cela, finis-je par répondre. »

« Je ne l'aurais pas deviné, dit-elle. Vous donnez l'impression d'être très calme. Alors, comme ça, les chevaux ailés l'emportent parfois sur vous aussi; c'est très intéressant. »

Elle m'offrit en souriant quelques-uns des raisins qui se trouvaient sur sa table de chevet. « Il faudra m'en parler plus longuement lors de votre prochaine visite; je regrette de ne pouvoir vous inviter à rester très longtemps aujourd'hui, mais je me fatigue vite. Après une brève hésitation, elle reprit. Je ne suis pas du tout victime d'une indisposition mais d'un avortement très mal exécuté. Je ne souffre pas, mais je suis affreusement lasse. L'on m'affirme cependant que tout ira bien d'ici quelques jours; les médecins disent que je n'ai rien à craindre. »

La franchise avec laquelle elle me fit cet aveu me surprit, mais j'étais immédiatement toute inquiétude, lui offrant ma plus profonde sympathie. Ayant vécu moi-même une fausse couche, je sais la douleur qui accompagne une naissance avortée. Je voulus lui en faire part mais à la réflexion changeai d'avis, me disant que la souffrance née d'une perte diffère sûrement de la souffrance qui accompagne la réalisation que l'on a soi-même provoqué la perte. Je n'arrivais pas à déceler si Clio était en proie à la douleur ou si elle se sentait soulagée de s'être débarrassée d'un tel fardeau. Comme si elle devinait mon incertitude, elle se mit à me raconter les grandes lignes de son histoire.

Le père de l'enfant auquel elle avait renoncé n'est pas Pomponius mais un nommé Junius, un affranchi attaché à la propriété et qui dirige depuis des années la manufacture des poteries. Ils sont amants depuis très longtemps. Pomponius n'est pas exactement au courant, mais il sait que Clio prend des amants et l'admet. C'était une condition préalable à leur mariage sur laquelle elle avait insisté dès le départ, sans quoi, ai-je compris, elle n'y aurait pas consenti. Pomponius est plus vieux qu'elle de dix-huit ans et elle ne l'avait jamais trouvé attirant sur le plan physique même au tout début de leur mariage. Ils avaient renoncé à l'aspect physique de leur mariage bien des années auparavant. « Je suis sûre que cela lui est plus ou moins égal, fit-elle. Il semble se contenter de l'arrangement actuel qui est vraiment tout à fait satisfaisant, sauf évidemment quand la Nature intervient et provoque une crise comme celle-ci. »

Ses paroles me firent comprendre que la perte de cet

enfant ne la préoccupait pas beaucoup ou au moins qu'elle voulait donner cette impression. Pendant tout le temps qu'elle parlait, j'essayai de maintenir mon calme, bien que son approche un peu désinvolte me choquât quelque peu. Je me reprochai cette réaction, me disant que je n'aurais pas dû m'attendre qu'une femme aussi belle, aussi riche, se conduise autrement que la majorité des femmes de son rang.

« J'ai eu un enfant de Pomponius, ajouta-t-elle après un bref silence, une belle petite fille, mais elle est morte à l'âge de trois ans. Depuis, je n'en ai jamais voulu d'autre. »

En disant cela, elle se recoucha parmi ses oreillers et ferma les yeux. Sa pâleur semblait s'accentuer. Par sympathie je lui serrai la main mais, tout en me serrant la mienne en retour, elle n'ouvrit pas les yeux. Je fis des adieux rapides, lui soutirant d'abord la promesse de m'écrire pour me tenir au courant de son état de santé.

J'espère bien que ses médecins ont raison et qu'elle ne court aucun danger; il me coûterait de perdre le contact avec cette femme alors qu'elle commence à peine à me permettre de la connaître.

Elle me fait quand-même un peu peur. Comme Camillus, elle possède une sorte de pouvoir inexpliqué dont la nature exacte m'échappe. Je ne suis pas sûre d'approuver tout à fait ses idées.

Curieux. Je ne serais pas étonnée d'apprendre que c'est la partie de moi qui se laisse attirer par Camillus qui se laisse aussi intriguer par Clio. Est-ce pour cela que je la crains ? Parce qu'elle renforce et encourage une partie de ma personnalité à laquelle je ne fais pas confiance?

Nombreux sont les Chemins...

Quelle coïncidence bizarre que cet appel qu'elle fit cette après-midi à l'image de Phaéton pour parler de mes émotions; si je me souviens bien, l'histoire de celui-ci est en fait assez différente de la version qu'elle proposa.

le 21 juillet

Une expérience inattendue cette après-midi qui ne cesse de m'intriguer. Properce avait reçu un invité de la Sardaigne, un nommé Gaius Pentius, le beau-frère d'un membre de notre Conseil municipal. Properce espère que cet homme acceptera de se servir de l'influence dont il jouit auprès du Conseil pour persuader celui-ci d'offrir à Properce une plus grande liberté dans le choix de ses productions théâtrales. Fort heureusement, c'est quelqu'un de commerce agréable mais il voulut absolument pendant son séjour chez nous visiter nos Jeux. Il avait entendu dire, ajouta-t-il, que nos auriges étaient tout à fait exceptionnels pour la région (pure flatterie sans fondement, en autant que je sache), et nous encouragea à l'y accompagner. Properce ne pouvait, bien sûr, que s'y prêter, mais je voyais bien qu'il était tout à fait disposé à accepter mes excuses, si tel était mon désir. Il était sur le point de faire valoir mon état de santé pour me permettre de rester à la maison quand je nous étonnai tous les deux en consentant à y aller.

Chemin faisant, je me demandai ce qui avait pu m'y pousser. Ce n'était pas une question de « devoir », même s'il m'eût été facile d'avancer une telle justification, car avoir une femme aimable, apte à accueillir les invités de façon chaleureuse, sert toujours un homme dans la position de Properce. Mais je n'avais pas été motivée par le sens du devoir. La curiosité alors ? Le désir de faire quelque chose qui sorte de l'ordinaire? L'envie de mesurer mes réactions dans une situation peu familière, d'évaluer mon état d'esprit ? Je ne sais toujours pas.

L'amphithéâtre était comble. Le caquetage de la foule avant l'ouverture des courses était ahurissant, je ne savais où donner de l'oreille tellement l'on discutait dans mon entourage. Je sentais l'angoisse m'envahir jusqu'au moment où je me rendis compte que le problème venait de ce que j'essayais de déchiffrer simultanément toutes les conversations qui se poursuivaient autour de moi alors qu'il n'y en avait pas une qui en valût la peine. Dès que je cessai l'effort de comprendre tout ce brouhaha pour accepter de n'y entendre qu'un simple bruit de fond, je me détendis. Alors commencèrent les courses de chars. La foule pouvait maintenant se concentrer sur quelque chose de précis et de mille individus se transforma en un seul corps. Ils arrêtèrent leur bavardage et se mirent à respirer à l'unisson, se levant dans les virages comme une seule immense bête frémissante, l'exaltation de chacun augmentant la passion des autres. A la fin, ce fut le délire, les gagnants emportés par la joie, les perdants se livrant à des gémissements.

Je ne devrais pas décrire ces scènes sur un ton aussi sec, avec cette apparence d'objectivité, comme si je n'y avais pas participé au même titre qu'eux, car tel n'est pas le cas. L'enthousiasme de la foule me gagna moi aussi, une sensation totalement nouvelle qui occasionna une petite révélation. Je compris qu'il importait peu que l'argent de nos mises soit perdu ou qu'il rapporte gros (en fait, je perdis trois fois sur les Verts). Les gens

Nombreux sont les Chemins...

n'assistaient pas à ces événements pour les raisons que nous avions avancées comme hypothèses lors du dîner d'Æmilia, mais plutôt pour vivre la sensation de perdre toute individualité dans la foule. C'est une expérience enivrante, étrangement proche de l'excitation sexuelle.

Et, bien sûr, c'est ce qui finit par me faire peur. Au fur et à mesure que la journée avançait, la chaleur s'intensifiait et la foule devenait de plus en plus éméchée. Des vendeurs montaient et descendaient les marches avec leurs flacons; d'autres bouteilles circulaient librement dans les tribunes. L'unanimisme qui avait régné durant les premières courses se dissipait, cédait le pas à l'ennui, à l'agitation. La foule exigeait toujours plus, plus de variété, une plus grande intensité. Je commençai à craindre que cette populace ne se satisfasse que d'une collision, de la vue du sang versé. Elle se mit à se moquer des équipes perdantes, les sifflait, esquissait des gestes obscènes. Les relents de la nourriture grasse que mangeaient beaucoup d'entre eux, une espèce de beigne frite farcie de fruits de mer, mêlés à l'odeur de leur sueur, me tournaient l'estomac. Comme si cela ne suffisait pas, lors de la cinquième course, au moment où la foule poussait des hourrahs dans les virages, je jetai soudain un regard sur une des rangées inférieures à ma gauche et vis quelque chose qui me choqua profondément. Un homme, à peu près de l'âge de Flavius, avec une calvitie naissante, incitait son aurige préféré à d'autres prouesses en se saisissant lui-même à travers sa toge et en se branlant vigoureusement, le tout accompagné de ses cris d'encouragement. Il se livrait à cette activité au vu et au su de tous, sans honte aucune. Au départ cet acte

139

m'ébahit, mais immédiatement après je ressentis comme un éclair d'admiration. Son geste était certes pervers et laid, mais j'admirais cet homme d'avoir osé se livrer complètement à ses émotions, en faisant fi des réactions éventuelles de son entourage.

Properce et notre invité se concentraient sur la course et n'avaient donc pas vu cet individu, ou alors le cachaient bien. Le contraire m'eût étonnée; l'on est censé ignorer de tels phénomènes. Je crois comprendre que la tenue de la foule est pire à Rome, où l'on a vu dans l'amphithéâtre des couples forniquer ouvertement tout en regardant les combats de bêtes sauvages.

Mon malaise s'intensifia et je demandai à Properce de communiquer à Scamandre mon désir de revenir à la villa. De retour chez moi, je me retirai immédiatement dans mes appartements. La nausée ne m'a pas quittée mais je suis heureuse d'être de nouveau seule, loin de la presse, de la cohue.

le 22 juillet

Les rêves rebutants qui me hantèrent cette nuit me laissent épuisée, sans appétit. L'idée même de manger me répugne; j'ai voulu m'efforcer à avaler quelque chose mais mon estomac s'y refuse. Les odeurs présentes dans le rêve assaillent mes narines depuis ce matin, me faisant même trouver nauséabonde la caille servie au dîner, que Sulpicie avait pourtant préparée avec un soin tout particulier.

Parler me paraît également désagréable. À table je ne m'adressai à personne comme si le mutisme m'avait été imposé. Je ne supportais de regarder ni Camillus ni Drusus. La nuit est maintenant tombée. J'ai avalé un peu du bouillon qu'Eutarque me recommanda et me sens légèrement mieux.

Le rêve était long, ou plutôt la série de rêves reliés entre eux qui semblaient durer toute la nuit. Deux fois je réussis à me réveiller mais à la seconde où tout s'éclaircissait, je retombai dans l'état de rêve.

Dans la première partie je montais un escalier en colimaçon jusqu'au dernier étage d'un très vieil édifice, portant sur mes épaules une amphore très lourde comme si j'étais une simple esclave. Je m'arrêtai pour me reposer et remarquai que les cloisons qui, aux étages inférieurs,

Traduction Mair Verthuy

étaient cloquées et lézardées, se couvraient ici de peintures murales. Je les devinais à peine dans l'obscurité mais quand je réussis à les déchiffrer, j'étais scandalisée. Toutes les peintures étaient hautement érotiques : l'une mettait en scène de façon explicite le dieu ailé, Mercure, en train de violer une nymphe; une autre montrait une femme en train de sacrifier à l'autel d'un Priape en érection; dans une autre encore, le dieu Pan copulait avec une chèvre. J'avançai rapidement, en essayant d'en détourner mes yeux.

J'atteignis enfin le palier et me trouvai devant une grande porte en bronze. Sur la porte se trouvait sculptée avec beaucoup de luxe une frise représentant des femmes voluptueuses se livrant à des pratiques honteuses. Contrairement à mes habitudes, elle ne me choqua point, me parut surtout étrange. En bas de la frise, je remarquai que l'artiste avait gravé les mots, Hic Habitat Félicitas.

Je poussai la porte. La pièce sur laquelle elle donnait se révéla être une vaste salle, dégagée, à part quelques divans, de tout meuble, sauf pour quelques sculptures placées ici et là dont je n'arrivais pas à deviner les formes. Par terre il y avait un carrelage noir et blanc aux dessins géométriques. Des peintures couvraient les murs.

En voulant franchir le seuil, je sentis quelque chose me frôler le visage et reculai rapidement. J'avais touché un carillon suspendu au linteau. J'y portai la main, et le son merveilleux de ses clochettes remplit la salle. En m'approchant, je vis que les clochettes étaient accrochées aux pieds et aux coudes d'un mannequin d'or habillé en gladiateur. L'épée à la main, il se tenait prêt à trancher la tête incroyablement enflée de son propre phallus qui était

Nombreux sont les Chemins...

presque aussi grand que lui-même. Fait incroyable, ce phallus assumait la forme d'une tête de chien, tournée vers le gladiateur, montrant ses crocs, comme si les deux se livraient un combat sans merci.

Je commençai par rire mais pour me sentir mal à l'aise par la suite. J'examinai les peintures murales et ressentis la même confusion. Elles étaient à la fois drôles et humiliantes. L'une représentait le dieu Pan dupé par un hermaphrodite, une autre un phallus avec au centre du prépuce un œil.

Sur le mur du côté est, une grande peinture prédominait. Elle aussi était explicitement érotique, mais les tons délicats de sa composition créaient un effet tout autre. Elle montrait un pré ensoleillé où d'innombrables enfants copulaient en se bousculant de façon enjouée parmi les fleurs. Elle était imprégnée de bonheur. De nouveau je trouvai en bas les mots, Hic Habitat Félicitas.

Je m'aventurai dans la pièce. Le mur du côté ouest n'affichait que des peintures de l'organe mâle, parfois avec des plumes, parfois courbé comme un cou de cygne. Sur le mur sud se trouvaient quelques scènes de couples qui faisaient l'amour dans diverses postures. Alors seulement me rendis-je compte que je me trouvai dans un bordel, et que les scènes murales étaient autant de réclames pour la marchandise à l'intérieur. Le client n'avait qu'à montrer du doigt la femme et le genre d'expérience qu'il recherchait pour que ses désirs soient exaucés.

« Quelle organisation remarquable », me dis-je, puis me rappelai l'amphore que je portais. Dans le coin le plus éloigné de la pièce se dressait un grand paravent en soie; c'était là, me semblait-il, qu'il fallait livrer l'eau. Je

Traduction Mair Verthuy

traversai la pièce et posai l'amphore. Ce faisant, je jetai un regard derrière le paravent, et, à ma grande stupéfaction, y vis Clio allongée sur une couche. Elle avait les jambes en l'air, et, entre elles, s'y enfonçant vigoureusement, se trouvait mon esclave, Scamandre.

Je voulus m'éloigner en courant mais compris que j'étais incapable de bouger. Je savais que je rêvais, mais quelque énergiquement que j'exerçai ma volonté, mon corps ne répondit pas à mes ordres. Je pus finalement me dresser dans mon lit, mais après une seconde d'éveil, je fus transportée de nouveau dans mon rêve.

Maintenant je me trouvais à l'extérieur de la porte en bronze, assise à côté d'un rouet. Quelque temps plus tard la porte s'ouvrit et quelle ne fut pas ma surprise de voir Flavius en sortir. Il ne me vit pas mais resta sur le palier, s'essuyant les yeux avec sa toge. Troublée de constater qu'il pleurait, je l'appelai mais il descendit l'escalier en courant sans regarder de mon côté.

Me levant pour refermer la porte, je vis à l'autre bout de la pièce, sous le tableau représentant des enfants, mon père. Il se tenait le dos à moitié tourné, portant à son nez ce qui me semblait être un vêtement de lin. Je remarquai qu'il le humait avec de grandes respirations et fus saisie de constater qu'en même temps il se masturbait. Je claquai la porte; encore une fois, au prix d'un gros effort, je réussis à me réveiller quelques instants, puis replongeai pour la dernière fois dans le monde inférieur.

Je me retrouvai au rez-de-chaussée de l'édifice, dans les anciens bains, dont le carrelage géométrique rappelait précisément celui du bordel à l'étage supérieur. La surface en était mouillée et luisante, sans toutefois qu'aucun

Nombreux sont les Chemins...

conduit ne laissât passer la moindre goutte d'eau. Je traversai la pièce sur la pointe des pieds, ma crainte s'augmentant à chaque pas. Les murs suintaient, dégageant une odeur oppressante de renfermé, comme s'ils pourrissaient de l'intérieur. Ma crainte s'épaississait, se figeant en horreur quand je décelai la forme de mon père allongé dans l'un des bassins.

Dès que je le touchai, je sus qu'il était mort, bien que son corps fût encore chaud. Je le soulevai par les épaules pour le tirer vers moi, mais en le déplaçant, je m'aperçus qu'à l'endroit où il avait été couché se cachait un monstrueux nid de serpents, comme autant de grands vers nourris de sang. Je les voyais qui se lovaient, s'enroulaient les uns sur les autres, formant une masse palpitante et obscène. Je poussai des hurlements et, mue par la terreur, quittai le bâtiment en courant. Je me précipitais par les rues de la ville, mais l'atmosphère était lourde de suie, une odeur de soufre remplissait l'air, et je savais que cette affreuse puanteur âcre finirait par me tuer. Prise de panique, je courais toujours, et me réveillai, la gorge brûlante, avec l'impression de m'étouffer, et la tête lourde. Pendant des heures, malgré tous mes efforts, cette affreuse odeur continua de me hanter, alors que je savais bien qu'il s'agissait là d'une hallucination des sens.

Qu'est-ce qui provoque des rêves aussi horrifiants ? J'y vois le sentiment de culpabilité que fait naître en moi le désir que je ressens pour Camillus, la répugnance également que m'inspira l'incident dont je fus témoin hier aux Jeux, ainsi d'ailleurs que le passage dans Ovide que je lisais à Drusus où la Terre prie pour qu'on la libère du feu de Phaéton...

Mais toute explication est inutile ; la dernière partie du rêve m'inspire la certitude. C'est la réaction que j'eus il y a quelques semaines, quand je vis en rêve ce mur de boue qui menaçait de me submerger comme un raz-de-marée. Les deux souvenirs sont porteurs de terreur, certes, mais ils véhiculent encore plus une mystérieuse impression transpersonnelle de menace, comme si le sort que je dois souffrir, loin de ne concerner que moi, affecte tout le monde.

Hic Habitat Felicitas : « Ici vit le bonheur » en effet. Quelle monstrueuse imagination envahit nos rêves ? Dois-je y voir un avertissement? Les dieux infernaux n'essayent-ils pas de me dire qu'en poursuivant ma conduite actuelle, je risque de transformer ma maison en bordel et de finir avec les serpents dans le monde inférieur? Faut-il comprendre que le fait d'aimer Camillus empoisonnera l'atmosphère que je respire et tuera de nouveau mon père ?

Je ne peux plus écrire ; la honte me rend malade.

le 23 juillet

« Toute habitude et toute faculté se confirment et se renforcent par les actions correspondantes : celle de marcher par la marche; celle de courir par la course. Si donc tu veux bien faire une chose, il faut prendre l'habitude de le faire. Si tu ne veux pas le faire, ne la fais pas, mais prends l'habitude de faire autre chose que celle-là. Ainsi, en cédant devant la passion de la chair, il ne faut pas tenir compte de cette seule défaite mais du fait que tu as nourri et renforcé ton incontinence. C'est ainsi que naissent les infirmités morales... Si la chose se reproduit souvent, l'infirmité s'enracine et la faiblesse se confirme. Car celui qui a une fièvre et s'en débarrasse n'est pas dans le même état qu'avant de l'avoir attrapée. Si tu ne veux pas être mélancolique, ne nourris pas ta mélancolie, évite de verser de l'huile sur le feu... »

Manifestement, Épictète me conseillerait d'éviter Camillus si je veux me libérer de ma maladie. C'est lui qui la nourrit. Je dois m'efforcer de ne plus penser à lui, de bannir son image au moyen de maximes et de préceptes, les répétant sans arrêt, par exemple :

« L'éducation, c'est apprendre à discerner entre les choses qui dépendent de nous et les choses qui ne dépendent pas de nous. »

« L'éducation, c'est apprendre à discerner entre les

choses qui dépendent de nous et les choses qui ne dépendent pas de nous. »

« L'éducation, c'est apprendre à discerner entre les choses qui dépendent de nous et les choses qui ne dépendent pas de nous. »

Pour Épictète, la crainte de la mort est à l'origine de tous les maux humains : « Contre cette peur, j'aimerais que tu aies recours à la discipline; laisse tout ton raisonnement et toute ton éducation tendre vers ce but, et tu sauras que c'est ainsi seulement que les hommes atteignent la liberté. »

Tout cela est très juste. Mais par quel processus secret pourrions-nous devenir moins vulnérables, quelle discipline exercer contre un ennemi aussi implacable ? Il ne s'agit tout de même pas d'une appréhension consciente qui occupe toutes nos pensées éveillées. Au contraire. Dans la mesure où la crainte de la mort nous détermine, elle accomplit ce travail de façon clandestine, à notre insu, envahissant nos rêves, empoisonnant l'image que nous nous faisons de l'avenir, remplissant nos narines de flammes sulfureuses...

Le remède ne fonctionne pas. Je vois encore son visage...

le 24 juillet

Hier je reçus un mot de Clio m'invitant à passer la soirée avec elle dans sa villa. Ses bateliers me ramèneraient le lendemain matin, ajoutait-elle. Venez partager avec moi la douce langueur d'une journée de plein été, avait-elle écrit. Les amies devraient se voir plus souvent.

Elle était sur la terrasse lorsque j'arrivai, allongée sur une de ses chaises longues, le bras gauche levé pour protéger ses yeux du soleil. En me voyant, elle se leva et m'embrassa avec beaucoup de chaleur. Je m'installai à ses côtés et là nous passâmes l'après- midi et l'heure du dîner, seules à l'exception des esclaves et des musiciens qui jouèrent pour nous au moment du crépuscule.

Sa vue me remonta le moral; quelle femme enchanteresse. J'étais ravie d'apprendre qu'elle avait complètement recouvré la santé; elle s'excusa de la fatigue qui l'avait empêchée lors de ma visite précédente de poursuivre notre conversation. Nous bavardâmes quelque peu, des petits riens quotidiens, puis elle me demanda l'autorisation de parler plus franchement, autorisation que je lui accordai, bien sûr.

« Je vous ai invitée ici parce que j'avais l'intuition que je pouvais vous être utile, dit-elle. Ne me demandez pas comment je le sais ; je ne crois pas être en mesure de l'expliquer. C'est une impression que j'avais, l'idée que vous connaissiez quelques ennuis, que vous aviez besoin d'une interlocutrice. Pas de n'importe quelle interlocutrice - de moi. » Elle sourit, tout en me versant un peu de vin chaud du pichet que Brytha avait posé près d'elle.

Après y avoir goûté, nous bûmes quelques gorgées. L'air était chaud et indolent, seuls s'entendaient le doux gargouillis de la fontaine dans la cour et le bourdonnement des insectes qui courtisaient les fleurs. Le silence n'en était que plus intense.

149

Traduction Mair Verthuy

« Je ne sais pas par quoi commencer, fis-je. »

« La maladie de Drusus a-t-elle empiré ? s'enquit-elle. Y a-t- il quelque difficulté entre votre époux et vous ? »

Je la rassurai au sujet de Drusus dont la santé continuait de s'améliorer mais ne répondis pas à l'autre question que je n'étais pas prête à traiter encore. Je lui demandai plutôt comment elle avait su que Drusus avait été malade, quels renseignements elle possédait à mon sujet.

Elle se détendit contre ses coussins et me regarda, pensive.

« Je sais que vous avez à peu près trente-six ou trente-sept ans, que vous avez une fille mariée, que vous vivez avec un homme bien plus âgé que vous qui s'occupe beaucoup de théâtre, que vous avez un fils qui se remet d'une grave maladie qui affectait ses poumons. Je sais également que votre médecin vous recommanda un programme de lecture des philosophes de l'école des Stoïques. Voilà tout ce que je sais de source sûre; le restant n'est qu'hypothèses. »

Je l'encourageai à continuer.

« D'après les racontars à votre sujet et votre façon de vous présenter, votre apparence, votre habillement, je conclus d'abord que vous ne vous distinguiez pas des autres matrones qui habitent la côte. Mais je commençai à me douter qu'il y avait autre chose. Vous avez beaucoup de réserve, Claudia, et vous faites preuve de beaucoup de modestie, mais vous n'arrivez pas pour autant à masquer votre intelligence. Souriant, elle m'offrit encore du vin. Puis-je parler à cœur ouvert ? Les dignes matrones ne

150

Nombreux sont les Chemins...

m'intéressent guère. Quand au début Pomponius m'expliqua votre situation, j'osai espérer que la crise que vous traversiez, quelle qu'elle fût, ferait éclater le cocon de vertu romaine dont nous nous enveloppons avec tant de précautions. (Pardonnez-moi, ce sort nous frappe toutes.) Peut-être, me disais-je, son « problème » résulte-t-il de l'effort nécessité par l'abandon de ce cocon. »

Elle s'arrêta, l'œil interrogateur.

« Puis-je continuer ? demanda-t-elle. J'acquiesçai, curieuse. Si j'ai raison, votre expérience n'est pas si extraordinaire. Quelque chose vous expulse de votre ancien monde, mais le nouveau, parce qu'inconnu, vous fait peur. Une partie de vous-même, que vous ne connaissez pas encore ou que vous connaissez depuis peu, essaie d'émerger mais vous lui livrez bataille. Vous ne savez plus s'il faut reculer ou avancer, et, en attendant, vous vous épuisez. Si je ne me trompe, il vous arrive de vouloir renoncer à la lutte, renoncer à la vie même, j'entends.

Ce n'était pas ainsi que j'avais analysé ma situation, mais oui, lui dis-je, elle avait raison. Ses paroles m'avaient surprise, mais elles allaient droit à la source même de toute confiance et délièrent ainsi ma langue. Je me mis alors à parler, parlai longtemps, lui avouant l'amour que je portais à Camillus, décrivant mon dilemme. Je parlai de la crainte qu'éveillait en moi la religion nazaréenne, de la faillite de ma propre foi, de ma crainte de la mort, de la douleur que m'avait causée la mort de mon père, même, à la fin, de mon rêve au sujet du bordel et du rôle qu'elle y avait joué. Elle écoutait tout avec la même bienveillante neutralité, ne proférant aucun commentaire mais me

Traduction Mair Verthuy

poussant à continuer quand j'hésitais ou m'arrêtais complètement. Pendant tout mon récital, elle m'encourageait à goûter aux plats délicieux que l'on nous servait, veillait à toujours remplir mon verre. Quand enfin je cessai de parler, pendant quelque temps elle ne dit rien, me contempla rêveusement. Elle attendit que l'on eût servi les gâteaux et les fruits et que les esclaves se fussent retirés pour me parler plus ouvertement.

Elle ouvrit la discussion sur une question fort inattendue. « Serait-ce mon avortement ou mon affaire avec Junius qui suscitent le plus votre désapprobation ? » demanda-t-elle. Je crus comprendre qu'elle faisait allusion à mon rêve mais je m'étonnai qu'elle choisisse un tel détail pour commencer. Sa franchise m'avait un peu secouée, mais elle eut pour résultat de me pousser à la même franchise (quel soulagement!).

« Les deux, » répondis-je, simplement.

« C'est évident. D'après votre rêve, je présume que quelque part vous me prenez pour une prostituée. Ce qui ne me gêne pas, ajouta-t-elle, le problème viendrait au contraire de votre attitude à l'égard de la prostitution et du fait que vous choisissez de lui donner ce nom. Le rêve vous a manifestement effrayée. Vous vous sentez coupable aussi, et vous transférez ces deux émotions sur les serpents qui se lovent dans le bassin. A leur tour, dans votre esprit, les serpents sont reliés à votre père. »

Elle but encore de son vin puis me regarda, la tête légèrement penchée de côté. « Je me permettrai de vous proposer une interprétation de ce rêve. Il existe, vous le savez bien, plusieurs façons de les interpréter, plusieurs façons de les envisager. Je ne sais pas si vous connaissez la

Nombreux sont les Chemins...

religion d'Isis, mais les membres de ce culte voient dans le serpent un emblème qui lui est sacré. C'est l'emblème à la fois de l'amour sexuel et de la vie éternelle.»

Je la scrutai avec une grande curiosité. Posant son verre, elle se pencha vers moi, me regarda droit dans les yeux. Sa beauté me frappa de nouveau; en même temps je ressentais une certaine crainte comme si elle tissait une toile pour mieux me prendre dans son rets.

« Qu'est-ce qui vit et ne meurt jamais ? demanda-t-elle. La graine, les céréales qui renaissent constamment de la terre. Le serpent est emblématique du phallus sacré d'Osiris, porteur de ces graines. Dans la religion d'Isis, faire l'amour, c'est célébrer l'immortalité. Par là j'émets l'hypothèse que la honte et la crainte qui vous assaillent dans le rêve représentent votre refus de l'amour et, en particulier, votre refus de l'amour que vous ressentez pour votre père. »

Je la regardai, les yeux ronds, pas très sûre de comprendre.

« Vous semblez mettre sur le même pied l'amour paternel et l'amour charnel, m'objectai-je. Ne sont-ils pas tout à fait différents? »

« Seulement si vous souhaitez les comprendre ainsi. » Elle fronça des sourcils puis essaya une autre approche. Laissons de côté pour l'instant votre rêve et revenons à votre dilemme actuel. Vous dites que vous êtes attirée par Camillus mais que vous craignez son influence éventuelle sur vos agissements. Vous vous sentez coupable devant la possibilité de tromper Properce, ce qui constitue à vos yeux une trahison, non seulement vis-à-vis de Properce mais aussi vis-à-vis de votre fils et de votre père. Il s'agit là d'un authentique conflit, et la souffrance qu'il provoque est tout à fait compréhensible. Elle me paraît cependant superflue. Je suis d'accord avec les penseurs dont Eutarque recommandait la lecture que la souffrance découle des erreurs de l'esprit mais je ne suis pas du tout d'accord sur la nature de cette erreur. Il me semble que la confusion qui règne chez vous résulte du fait que vous respectez ce que l'on vous a enseigné plutôt que le mouvement de votre propre cœur.

« Il est utile de réfléchir à ce que l'on nous enseigne, Claudia. Dès nos premières années d'instruction, quels sont les modèles féminins qui nous sont proposés ? En premier lieu, on nous offre Cornélie, modeste et chaste, disant de ses fils : Voilà mes bijoux. Que signifie cet exemple? Que les enfants constituent le seul ornement de

Nombreux sont les Chemins...

la femme, qu'elle ne devrait se parer que de son rôle de matrone ? Nous devons nous concevoir d'abord et surtout comme mère. De tous côtés, l'on nous exhorte de pondre des enfants, surtout des enfants mâles, en réalité pour les armées de l'empereur, bien qu'ils se gardent de s'exprimer ainsi. Ils le présentent plutôt sous forme de paquet-cadeau, en l'appelant « épanouissement » ou « réalisation de notre vraie nature. » Notre vrai bonheur, nous apprend-on, consiste en le sacrifice de soi. La stabilité de l'état, l'équilibre même de l'univers en dépendraient, selon eux. »

Elle éclata de rire. « Outre la matrone Cornélie, qui d'autre sommes-nous censées émuler ? Notre Lucrèce nationale, qui, après avoir été violée, s'immola devant son père et son frère, créant ainsi un précédent que pendant des siècles des Romaines vont imiter, se tuant avec, voire avant, leur époux ? Tout se passe comme si notre fonction principale sur terre est de nous soumettre puis de mourir. Vous souvenez-vous du noble exemple qu'Arria offrit à Pétus Caecina ? Elle qui plongea le poignard dans sa propre poitrine, disant : Voyez, ô mon époux, je ne sens rien !

Elle reproduisit le geste en grimaçant. « Que nous disent ces images, Claudia ? Comment influencent-elles l'idée que nous développons de nous-mêmes ? Elles nous disent que nous ne sommes point des êtres autonomes à la poursuite d'un destin qui nous est propre, mais que nous sommes soumises au destin de celui que nous épousons. Elles nous disent que pour trouver le bonheur nous devons nous plier à la volonté et aux valeurs de notre époux. Elles nous disent surtout que les plaisirs des sens

155

sont suspects, que la seule finalité de notre sexualité devrait être la reproduction et que toute autre conduite est « égoïste ».

« Si vous êtes à la recherche d'une foi, Claudia, ce qui semble être le cas, elle sourit en versant encore un verre de vin, permettez-moi de vous proposer la mienne ; vous devez déjà vous douter qu'il s'agit de l'Égyptienne Isis. »Elle fit avec son verre un vague geste en direction de l'autel au fond du jardin.

Un frisson d'inquiétude me parcourut à ces paroles, mais je fis de mon mieux pour ne rien laisser paraître. Je lui répondis que je connaissais peu cette foi et lui demandai des explications.

« Que je commence, fit-elle, par expliquer ce que j'entends par le mot « croyance. » Je ne crois pas en Isis dans le sens où je crois qu'une personne de sexe féminin est installée sur un trône au ciel en train de nous gouverner. Je ne souscris pas non plus à l'idéologie de ses prêtres ni à leurs rites compliqués d'initiation ; j'y participai à une époque à Rome, mais il s'agit là d'une autre histoire. Je crois cependant à tout ce qu'Isis symbolise, qui est le principe de l'amour. Isis est la créatrice de toutes choses, la mère de toutes choses. Elle s'intéresse à sa création, à nous, ses enfants. Ce n'est pas à nous de questionner ses intentions, ce n'est pas à elle de nous punir pour ce que nous sommes. Elle représente la compassion, le pardon, mais aussi la sensualité et les plaisirs de la chair. Isis nous invite au désir et non à l'ascétisme. Contrairement aux Nazaréens avec leurs préceptes de chasteté, elle nous ordonne de nous offrir librement à qui en manifeste un besoin authentique. »

Nombreux sont les Chemins...

Elle me décocha un sourire taquin et agita son verre. « Isis ressuscita Osiris mort en lui faisant l'amour, le saviez-vous ? Voilà un mythe de la renaissance qui fait chaud au cœur ! »

Incertaine, je retournai un pâle sourire, me demandant si elle était ivre. Nous étions arrivées à la fin du repas. Ce qu'elle disait me fascinait, mais, entre le vin et la nourriture épicée, j'avais un peu le tournis. Je me sentais gênée aussi par un bourdonnement désagréable aux oreilles et souhaitais un peu de silence. Clio semblait s'en rendre compte car, se levant, elle proposa que nous fassions une petite promenade dans le jardin. La nuit tombait mais un clair de lune nous offrait une lumière suffisante. Nous marchions lentement, écoutant le chant des oiseaux se préparant pour la nuit, humant la douceur parfumée de la brise.

Après quelque temps nous nous arrêtâmes à la lisière d'un bosquet de cyprès. Une fois confortablement assise, elle se remit à parler de sa foi. « Celle-ci se propage de plus en plus à Rome, me fis-je dire, et non seulement à Rome mais d'un bout à l'autre de l'Empire, autant chez les hommes que chez les femmes. Les hommes aussi ont besoin d'un principe divin féminin, ajoutait-elle, une divinité qui joint au principe de la sensualité celui de la compassion. Il est sans doute difficile à certains de nos condisciples masculins de formuler la prière qui louange Isis de ce qu'elle a donné aux deux sexes un pouvoir égal, mais de plus en plus d'hommes, des consuls, des sénateurs, même Vespasien lui-même, visitent régulièrement son Temple et rendent hommage à Isis. Seule l'armée, toute à son adoration du monstrueux

Traduction Mair Verthuy

Mithras, semble insensible à ses charmes.

Elle fit une moue. « En cela, ils sont les véritables héritiers d'Auguste, qui interdit Ses temples dans l'enceinte de Rome. Il est tout à fait normal, bien sûr, qu'il ait vu en Elle une ennemie; les navires de Cléopâtre ont failli le vaincre à Actium, et en Égypte Cléopâtre était considérée comme la réincarnation d'Isis. Mais, malgré tous ses édits, il ne réussit qu'à repousser les Isées vers les banlieues; aujourd'hui ils sont de retour dans le centre de la ville, à quelques rues seulement du palais. »

Je crus comprendre qu'elle y voyait un signe très positif.

Elle poursuivit en expliquant que les Romaines doivent les libertés dont elles jouissent à l'heure actuelle au culte d'Isis, libertés que nous perdrions si nos maîtres embrassaient des divinités exclusivement masculines.

« Sans le droit au divorce et celui de garder toute propriété qui nous appartient, avançait-elle, nous n'aurions plus aucune autonomie. Je m'objecte surtout aux religions juive et nazaréenne parce qu'elles enlèvent aux femmes le droit au divorce ; c'est à dire que nous y perdons notre liberté de choix. Isis est la déesse de la liberté, et la liberté, chère amie, n'est- ce pas le fondement de tout ? »

« Le fondement de la vie ? répliquai-je. »

« Certainement. La liberté de choisir, de changer, d'être ce que l'on souhaite être. C'est la condition préalable, ce me semble, au bonheur. » Elle sourit, cueillant une fleur parmi les plantes emmêlées qui nous servaient de coussin et me la plaçant dans les cheveux. « À votre place, je n'hésiterais pas à prendre ce Camillus pour

Nombreux sont les Chemins...

amant, » dit-elle. Je n'hésiterais pas à le « corrompre. » À mon avis, il s'agirait moins de le corrompre que de le libérer. Et au lieu de craindre de vous faire convertir à sa foi dans cette rencontre, vous pourriez vous aussi vous livrer à une tentative de conversion. Pour moi, le christianisme est un ennemi; il représente une tendance dangereuse et régressive.

Un peu secouée par cette remarque, je lui demandai des précisions.

« J'ai quelqu'expérience des chrétiens, fit-elle pensive, et une plus grande encore des Juifs. Les deux présentent des attraits, bien que la version hébraïque soit à mes yeux plus attirante que celle des chrétiens. Mes objections aux deux, comme je vous le disais, est à chercher dans leur attitude vis-à-vis des femmes. Il existe une prière juive que certains hommes prononcent le matin, remerciant dieu en effet de ne pas les avoir faits femmes. Cela en dit long, vous ne trouvez-pas? Les femmes hébraïques assistent au service dans un endroit à part dans le temple, et il n'est pas évident qu'elles aient droit dans la vie après la mort à autre chose que la Géhenne. »

« La Géhenne, » répétai-je, me rappelant que Camillus avait été élevé dans une famille hébraïque et me demandant s'il prononçait une telle prière.

Elle haussa les épaules.

« Je crois comprendre que c'est un lieu assez mal défini quelque part entre le paradis et l'enfer. Comment une femme hébraïque peut-elle développer le respect de soi à l'intérieur d'un tel système de croyances ? Seules celles qui suivent Isis, (comme Julie Bérénice, entre parenthèses,) y arrivent. Cette foi leur permet une vue positive d'elles-mêmes. Il est vrai que la poésie juive louange les femmes ; les hommes juifs sont dans l'ensemble très sensuels et traitent leurs femmes avec beaucoup d'égards; mais par ailleurs, ils les obligent à se couvrir la tête et à se taire et ont érigé en tabou leurs saignements mensuels. »

« La plupart des chrétiennes, reprit-elle, étaient, comme vous devez le savoir, juives. Le fait que tant d'entre elles se sont converties et acceptent de croire que ce nouveau rabbin est le messie pousserait à croire que la vision chrétienne des femmes leur offre un peu plus d'espoir. Mais il s'agit peut-être là d'un vœu pieux. Vous savez, je ne serais pas loin de croire qu'un des attraits majeurs de ce dieu qu'ils appellent le Christ est la possibilité qu'il offre à ses disciples de l'appréhender de tous leurs sens. C'est une divinité qu'ils peuvent imaginer en chair et en os. Le dieu des Hébreux est en principe sans attributs; il n'a même pas de nom. La loi juive interdit que l'on en fasse le portrait, car, de leur point de vue, toute conception visuelle de ce dieu en diminuerait la grandeur. Les chrétiens, pour qui leur dieu se fit chair dans cet homme qu'ils adorent, autorisent eux des portraits. Que ces portraits du « messie » aient été créés de mémoire ou qu'ils soient nés dans l'imagination de l'artiste, et comment savoir la vérité, une chose est certaine, il en circule à Rome. J'en ai vu et ils exercent une attraction surprenante. »

Je lui demandai de les décrire, et elle resta quelque temps à réfléchir. « Il est extrêmement séduisant, répondit-elle enfin, d'une voix qui m'étonna, tellement elle était rêveuse. Ses yeux sont puissants, hypnotiques presque. Il donne l'impression d'être entré en transe, moins parce qu'il serait aveuglé au monde extérieur que parce qu'il le transperce, qu'il vous transperce. Dans ses yeux, on lit la compassion aussi bien que la connaissance. On a l'impression qu'il vous comprend, qu'il est au courant de vos forces et de vos faiblesses   qu'il les connaît ; sans pour autant les juger.

« De ce point de vue, il ressemble à Isis, Clio retrouvait pour ce dire son ton taquin habituel. En réalité, les portraits que j'ai vus révèlent un côté féminin, dont je soupçonnerais volontiers qu'il constitue un attrait supplémentaire pour les femmes hébraïques, mais aussi pour d'autres femmes, même celles d'entre nous qui sont grecques. Non, non, ce n'est pas ce Christ qu'ils adorent qui me fait manquer de confiance dans les Nazaréens, c'est au contraire les prédications de Paul, leur apôtre, comme ils disent. »

Paul ? questionnai-je.

Un riche Grec converti à leur foi, qui fut inculpé et acquitté il n'y a pas trop longtemps à Rome. Il faisait l'objet de beaucoup de potins à l'époque; je pensais que vous les connaissiez. Tous s'attendaient qu'il soit condamné pour avoir répandu des doctrines blasphématoires mais en fin de compte il fut relâché. Le hasard voulut que j'assiste à une partie de sa défense lors de son procès, qui dura des mois, et il me parut un homme dangereux. Je crois comprendre que ce sont ses enseignements et son organisation qui de plus en plus prennent le dessus dans les congrégations nazaréennes. À l'origine, elles étaient toutes autonomes.

Quand je lui demandai ce qui lui déplaisait dans

Nombreux sont les Chemins...

l'enseignement de Paul, elle me répondit promptement.

« Il méprise les femmes, dit-elle. Pour lui, nous sommes la Grande Prostituée de Babylone qui mine la force de la nation. Il me semble faire partie de ceux qui, détestant leur propre sexualité, désirent s'en venger, tel ce gladiateur qui, dans votre rêve, voulait trancher son propre phallus. Je suis sûre que la doctrine nazaréenne du célibat est son œuvre ; les histoires que l'on m'a racontées au sujet de cet homme-dieu qu'ils adorent feraient croire au contraire qu'il a connu et aimé une ou deux femmes au moins et qu'il ne niait aucunement sa chair.

« Ce que vous pourriez mentionner à Camillus dans votre campagne, ajouta-t-elle, toujours pour me taquiner. Demandez-lui de justifier l'attitude de Paul à l'endroit des femmes, et pourquoi celui-ci affirma qu'une Nazaréenne qui parle en langues fait l'œuvre du diable plutôt que celle de dieu, ce qui n'est pas le cas quand le phénomène se produit chez les hommes. »

De nouveau son humeur changea; elle me caressa le visage. « Pardonnez-moi si je vous taquine, mais vous ne devez pas vous faire du tort en entretenant ces attitudes négatives envers vos propres désirs. Les hallucinations au sujet du soufre et des feux de l'enfer qui hantent vos rêves traduisent au niveau de vos sens la culpabilité que provoque chez vous votre amour de Camillus. Elles ne vous quitteront que quand vous aurez compris que cette culpabilité n'est qu'illusion. Pourquoi ne pas écouter notre Mère, Isis, qui nous apprend que le désir n'est point coupable, que, faisant partie de la vie, il est sacrosaint. L'amour n'est pas un péché; les femmes n'en sont pas les instruments. Nous sommes des créatures libres, libres de partir là où notre nature nous entraîne. Isis demande une chose : que nous restions fidèles à nous-mêmes, que nous ne refusions pas ce que nous sommes, que nous ne le dévalorisions pas non plus. Elle ne nous enjoint ni la culpabilité ni la souffrance, mais la liberté et le jeu. »

Son rire tintinnabula à mes oreilles. « Allons, fit-elle. Il nous faut rentrer; vous me soupçonneriez autrement de nourrir des intentions de conversion encore pires que celles de Camillus. Il se fait tard, vous devez être fatiguée. Permettez-moi cependant de vous faire une proposition. Visitez mon Isée, mon temple d'Isis, avant de vous retirer. Entrez, saluez-la, mettez-vous à genoux et faites une prière. Il se peut que vous trouviez là la réponse que vous cherchiez dans la bibliothèque. »

Nous revînmes sur nos pas vers le patio, où elle me quitta. « Brytha vous montrera votre chambre quand vous serez prête à vous coucher », dit-elle; là-dessus, en m'embrassant, elle me souhaita une bonne nuit.

Le temple était assez petit, éclairé par deux suspensions à huile encore allumées. Dans les niches voûtées de chaque côté se trouvaient deux statues et, sur le mur du milieu, un grand tableau qui La montrait couronnée de lotus. Elle était vêtue d'une longue robe jaune sous une cape bleue et portait à la main une corne d'abondance. Autour de la peinture courait une frise représentant des arbustes et des fleurs au travers desquels se donnaient à voir d'innombrables petits animaux.

La première statue dans la niche à ma gauche la montrait avec l'enfant Horus blotti dans ses bras. Derrière elle, au mur, se trouvaient les emblèmes de sa divinité : le lotus, le croissant de lune, l'étoile. Son expression, la douce inclinaison de sa tête donnaient une impression de grande tendresse. Dans l'autre niche, elle était également assise, mais cette fois un aspic s'enroulait autour sa tête et son pied reposait sur celle d'un crocodile. De la main droite elle tenait l'ankh, sa croix égyptienne, par l'anneau qui la termine ; de la gauche un phallus en forme d'enfant.

J'examinai l'une après l'autre chaque figure, m'attendant à être émue mais, à ma grande surprise, je ne ressentais rien. Les images dans les niches m'intéressaient mais demeuraient pour moi des objets venus d'un monde autre. J'avoue que la deuxième statue me dérangeait; je n'arrivais pas à savoir si je trouvais l'amalgame entre le phallus et l'enfant drôle ou tout simplement incompréhensible. Je voulus sortir mais me rappelai que Clio m'avait suggéré de me mettre à genoux et de faire une prière.

Au départ j'avais l'impression de sombrer dans le ridicule et le mensonge et me demandais à quelle autre sorcellerie ou superstition je risquais de succomber. Les ombres projetées par les lampes vacillaient au mur, créant l'impression que les traits de la déesse bougeaient, qu'elle changeait légèrement d'expression. Faites une prière, avait dit Clio, et tout à coup la formule me vint à l'esprit :

« Accordez-moi la paix de l'âme et libérez-moi de la confusion. » Je priai devant elle, tête baissée.

J'attendis quelques instants, pendant lesquels rien ne se produisit (et je ne m'y étais pas attendue non plus.) Je partis peu après, constatant avec surprise que, malgré mon absence de foi, je sentais un grand soulagement. Dès que je parus sur le seuil, Brytha m'escorta jusqu'à ma chambre où je dormis toute la nuit sans rêver.

Tôt le lendemain matin, Clio et moi déjeunâmes ensemble. Elle ne me demanda pas ce qui s'était passé au temple ni même si je m'y étais rendue, et moi-même je n'abordai pas le sujet. Elle part cette après-midi pour Rome. Pomponius lui manque, disait-elle.

« Nous ne partageons plus la même couche mais nous demeurons des amis très proches; je suis malheureuse loin de lui. Tu me manqueras aussi, me dit-elle en me tutoyant. J'ai hâte de connaître le résultat de tes luttes. Écris-moi s'il te plaît quand tout sera réglé. Que je te prévienne cependant que je mise sur Isis. Quand le serpent s'oppose à la colombe, je parie toujours sur le serpent. »

« Peut-être qu'il n'y aura pas de vainqueur, Clio, répondis- je. Peut-être qu'il est dans mon destin d'être toujours déchirée entre les deux. »

Elle secoua la tête.

« D'une façon ou d'une autre, il y aura une issue. Dans de tels combats, il faut une fin, nous serions épuisées s'il en était autrement. Ton dilemme vient, ce me semble, de ce que tu n'arrives pas à décider. Ton

Nombreux sont les Chemins...

corps t'affirme une chose, ton esprit une deuxième, et sans doute ton âme autre chose encore. Le choix que tu feras parmi elles déterminera qui tu es, et qui tu seras pendant quelque temps. Je t'ai déjà offert un conseil, Claudia; à mon avis tu dois t'en ouvrir à Camillus et le laisser choisir. Je ne vois rien qui t'en empêche. Tu n'aides ni ton époux ni ton fils en te réfugiant dans la maladie, et tu ne t'en portes pas mieux toi-même. Quant à ta « crise de foi », je n'écouterais ni les Nazaréens ni les Stoïques. Ton désespoir se résorbera si tu te laisses aller à suivre tes sens. Quand la vie paraît déserte, il me paraît plus sensé d'examiner l'état de ses propres humeurs avant de s'embarquer sur la mer de la philosophie. »

Je me mis à rire, séduite comme toujours par sa façon de s'exprimer. Son conseil avait bien du bon sens, et en rentrant je réfléchis à ce qu'elle avait dit, en savourant chaque phrase. Mais il me venait à l'esprit des objections auxquelles je ne pensais pas quand je me trouvais en sa présence, sous son charme. Sa façon de balayer toute question éthique, par exemple, comme si la dimension morale de toute expérience lui était complètement étrangère. N'avons-nous aucune responsabilité envers les autres ? Properce et Drusus souffrent aujourd'hui peut-être à cause de mon incapacité à résoudre mon « dilemme, » mais ne souffriraient-ils pas davantage si je portais atteinte à leur honneur en m'accordant un amant ? Et, chose aussi importante, de quel droit est-ce que je dérangerais la vie de Camillus ? Pour m'aimer, il devrait trahir sa foi, que je m'y convertisse ou non, geste que ma conscience m'interdirait de toute manière.

Pour Clio, de telles considérations seraient sans

Traduction Mair Verthuy

doute illusoires. Quel daemon me poursuit pour que je vive ainsi enfermée dans l'ombre ? Peu étonnant que j'aie prié Isis de me libérer de la confusion.

De la montagne d'expériences que je vis depuis vingt-quatre heures, je retiens surtout un élément : Clio qui disait qu'Isis est la déesse du jeu. Si ces quelques instants au temple m'ont calmée et soutenue, serait-ce parce que s'est insinuée dans mon esprit la possibilité que rien de tout cela n'est important, que l'issue de ma pauvre petite lutte ne compte pour rien ? C'est une danse, un jeu, et nous ne faisons qu'obéir aux règles même si nous ne les connaissons pas.

Dans mon cas, les règles semblent vouloir dire que je suis condamnée à me débattre, à connaître la souffrance. Un jour, il y aura une fin. Je me demande quand-même si, l'heure venue, je saurai distinguer entre la victoire et la défaite. Nous vivons notre vie, de l'enfance à la mort, dans l'ignorance, et cela aussi fait partie du jeu.

le 25 juillet

Un nouveau rêve est venu me perturber la nuit dernière, cette fois de la famille réunie à table. Lucile minaudait, grignotait à peine, tout en encourageant son petit chien de compagnie à sauter sur la table et à manger dans son assiette. Properce, tout à ses pensées, faisait celui qui ne voyait rien. Drusus, pendant ce temps-là, se gavait de nourriture comme un boulimique, en cachait même des morceaux dans sa tunique quand il se croyait à l'abri des regards. Sous mes yeux, son visage semblait s'enfler, devenant avec chaque bouchée de plus en plus ronde, de plus en plus grassouillet. Angoissée, je me retournai vers Properce, pensant qu'il aurait vu ce que je voyais, mais il se contentait de mastiquer, le regard lointain. Je me mis à lui faire des remontrances, mais un esclave entra à ce moment-là pour annoncer l'arrivée de Clio et de Pomponius.

Clio entra et, à ma grande surprise, s'allongea entre Properce et moi. Elle s'était drapée dans une robe de tissu transparent mauve qui moulait ses seins, en dévoilant la forme ainsi que celle de ses mamelons. Cette apparence me coupa le souffle. Sur la table elle prit une grappe de raisins, puis, à tour de rôle, elle et Properce se mirent à en lancer à Drusus, qui les attrapa pour les ajouter dans son assiette. Cette conduite m'étonna, d'autant plus que Properce y participait. La jalousie me saisit de voir Clio se

Traduction Mair Verthuy

livrer à ce jeu avec mon époux et mon fils; d'indignation, je jetai par terre ma serviette. A mon réveil la colère m'habitait encore.

C'est probablement l'époque de mes saignements mensuels.

J'avais l'impression dans le rêve d'avoir été volée, exclue. Drusus se gavant était horrible à voir. Pourquoi me le suis-je imaginé de cette façon négative ? Ces derniers temps nos rapports ont été très détendus, très naturels.

Voilà un moment que je n'ai pas eu l'occasion de me trouver seule avec Camillus; le temps semble s'être arrêté.

Ce soir après le dîner, Properce et moi sommes allés nous promener. Hier soir Flavius m'avait fait parvenir un message dans lequel il m'assurait que le divorce souhaité par Lucile convenait aux deux et qu'il y consentait donc. Il ne cherchait, disait-il, que le bonheur de ma fille, et maintenant que l'amour qui les avait unis était mort, il doutait qu'ils puissent retrouver ensemble, comme il disait, la « félicité. »

Il avait fourni à Properce un certain nombre de détails concernant la division de la dot, et Properce les trouvait tout à fait raisonnables. Lucile devait retirer du mariage ce qu'elle y avait apporté, sa dot entière ainsi que les cadeaux de fiançailles et de noce et, là où la division de la propriété n'était pas à recommander, une somme équivalente. Notre fille ne saurait se plaindre, dit-il. Flavius se montre très juste envers elle.

Je me gardai de répondre, car, à mon avis, Flavius se montrait plus que juste; il était très généreux. Un tel geste venait contredire le rapport que Lucile m'avait fait à son sujet - à moins que ses accusations ne soient complètement justifiées et que Flavius n'ait choisi d'acheter ainsi son silence au sujet de ses goûts sexuels tout à fait particuliers.

Je demandai à Properce comment il jugeait Flavius. J'essaie de ne pas porter un jugement en l'absence de renseignements suffisants, répondit-il, ajoutant qu'il préférait croire que l'homme à qui nous avions confié notre fille était honorable, même si cela signifiait que Lucile nous avait menti.

« Pourquoi est-il plus important de croire un homme honorable qu'une fille honnête ? », demandai-je.

Il me tapota la main.

« Veuillez m'excuser, ce n'est pas ce que je voulais dire. De fait, j'aimerais que tout soit déjà réglé ; la situation est déplaisante et personne n'y paraît sous son meilleur jour. » Il poussa un lourd soupir, hocha la tête. Constatant qu'il marchait plus lentement qu'à l'ordinaire, je lui demandai s'il se sentait bien; il me répondit que oui, avouant quand-même qu'il ressentait une fatigue inhabituelle. Manifestement la nouvelle production au théâtre lui pèse.

Ils sont en train de monter *Octavie*, une tragédie dont l'action se situe à l'époque de Néron et qui attira les foules à Rome. Selon Properce, la pièce est dans le style de Sénèque, tout en comportant un peu plus d'action dramatique. Je suis curieuse de la voir; il est rare qu'une tragédie contemporaine plaise à un si grand public. L'ouverture est prévue pour le mois prochain mais Properce a quelques problèmes avec la comédienne qui joue Poppaea. Elle aurait beaucoup de tempérament

« volontaire » est le mot employé par Properce. Elle a pris pour amant le mime principal qui joue durant les interludes.

Curieux quand-même que le mot « volontaire » soit péjoratif dans le cas d'une femme, alors que c'est une qualité que l'on apprécie chez un homme.

Nous ne voulions ni l'un ni l'autre parler davantage de Lucile. Après un silence, il s'enquit sur ma santé, me demandant si la sortie à Stabiae m'avait été bénéfique. Je le rassurai sur les deux comptes mais ne parlai que vaguement de ce qui s'y était réellement passé. Faire état de ma conversation avec Clio, c'était risquer de devoir parler de Camillus; le sujet d'Isis ne me paraissait pas plus recommandable. Je mesurai soudain l'étendue grandissante du mensonge qui caractérisait nos rapports et m'en désolai. Je faillis céder à la tentation de couper le nœud en lui disant tout de go : Mon cher Properce, cela vous ennuierait-il que je prenne un amant ?

Nombreux sont les Chemins...

Mais même s'il m'y autorisait, cela l'ennuierait; il se sentirait atteint dans sa virilité et se le reprocherait. Il m'accorderait ma liberté, cela ne fait aucun doute; il ne m'infligerait pas sa douleur ni ne me blâmerait, mais il en aurait le cœur déchiré. Il croit que je guéris alors que je ne fais qu'apprendre à mieux dissimuler

A quoi cela servirait-il qu'il le sache ? La confusion n'en serait que plus grande. C'est ainsi toutefois que je justifie mon silence; l'instant passe.

J'ai lu attentivement le rouleau que Clio m'avait confié, un long essai historique de Plutarque au sujet du culte d'Isis. C'est en effet une religion très ancienne qui existe depuis de nombreux siècles. Ses mythes fondateurs me paraissent, j'avoue, fort évocateurs; j'ai cependant à leur endroit la même attitude que vis-à-vis des récits d'Ovide. Leur qualité musicale, leur nature insaisissable sont bien capables de me transporter; la part de vérité me semble la même chez les deux, ce qui reste quand l'on a ôté les neuf dixièmes d'illusion.

En fin de compte, je ne sais pas plus conceptualiser dieu en femme qu'en homme; tout dieu est pour moi invention. Je suis d'accord avec Épictète que, dans la mesure où le mot signifie quelque chose, il signifie d'une part les lois qui gouvernent l'univers naturel et d'autre part la présence inexplicable du concept même du bien dans l'esprit des hommes. Dieu est cette partie de l'âme qui distingue le faux du vrai, qui nous fait admirer la vertu et regretter notre incapacité de l'atteindre. C'est ce qui nous fait reconnaître l'existence de l'idéal.

De nombreux éléments dans la philosophie des Stoïques me paraissent parfaitement clairs jusqu'à ce que, devant Camillus, le désir perturbe mes sens. La clarté disparaît alors, et dans l'espace gouverné par le langage et la raison vient s'infiltrer Clio, ses seins aguichants visibles à travers la gaze mauve de sa robe.

le 26 juillet

Reçu d'elle ce matin un mot rédigé avant son départ pour Rome. Elle y avait inclus un pamphlet intitulé : *Les dires de Saint Paul de Tarse*, que quelqu'un sur les marches du Sénat avait placé entre les mains de Pomponius quelques années auparavant. Il l'avait gardé, la sachant portée sur ces curiosités, me disait-elle. Elle ajoutait que j'aurais peut-être envie de confronter

Camillus à ce sujet lors de notre prochaine rencontre. Je l'ai lu avec beaucoup d'intérêt.

La plupart en est incompréhensible, peut-être parce que je suis passée rapidement sur les passages concernant la doctrine, tant je m'intéressais surtout à tout ce qui touchait à l'amour et à l'attitude chrétienne au sujet des femmes. Les références sont peu nombreuses mais leur signification est claire. « Femmes, que chacune soit soumise à son mari, comme au Seigneur ; car le mari est le chef de la femme, comme Christ est le chef de l'Église qui est son corps, et dont il est le Sauveur. Or, de même que l'Église est soumise à Christ, les femmes doivent l'être aussi à leur mari en toutes choses. » (Colossiens 5, 22-24) « Je ne permets pas à la femme d'enseigner, ni de prendre de l'autorité sur l'homme; mais elle doit demeurer dans le silence. Car Adam a été formé le premier, Ève ensuite. Adam n'a pas été séduit, mais la femme séduite s'est rendue coupable de transgression. » (Timothée 2, 12-14) Ailleurs, dans une allusion à la version hébraïque des origines du péché, il dit de la femme qu'elle fut formée non pour agir mais pour réagir. Le serpent (emblème principal chez eux du principe du mal) l'aurait séduite et, séduite, elle transgressa, prit des initiatives. Apparemment elle aurait, comme Proserpine, croqué dans quelque fruit interdit. D'après Paul, cette « initiative autonome » serait à l'origine de tout ce que le monde connaît de souffrance depuis.

Cela dépasse, bien sûr, l'entendement mais peut-on espérer autre chose d'un Grec ? L'histoire a beau être revêtue d'une apparence hébraïque, il ne s'agit pas moins du vieux conte de Pandore qui, poussée par une curiosité malsaine, aurait ouvert la boîte aux malices et condamné ainsi le monde à toutes les souffrances. Quelle que soit leur religion, les hommes semblent ressentir le besoin de nous faire porter la responsabilité de tous leurs maux; mais Clio a peut-être raison de penser que si nous remplacions les dieux mâles par une déesse, nous nous en trouverions mieux...

Je suivrai son conseil et opposerai à Camillus toutes mes réticences au sujet de sa foi. Demain Properce emmène Drusus au théâtre ; j'en profiterai pour parler seule à seul avec Camillus.

le 27 juillet

Nous nous retrouvâmes dans le jardin, en fin d'après-midi. Après les salutations d'usage, je sortis mon travail de couture, fis quelques remarques anodines au sujet de la température, puis fonçai droit au but. « Je me suis mise à apprendre davantage au sujet de votre religion, fis-je, grâce à une amie qui m'a fait parvenir un pamphlet qui contient les dires d'un de vos orateurs. J'avoue l'avoir trouvé pour la plupart assez mystifiant, ce qui me fait espérer que ce texte trahit sa pensée. »

Je lui tendis le rouleau.

« Ah, fit-il après l'avoir examiné. J'ai déjà vu un de ces pamphlets en Alexandrie il y a quelques années. Mais pourquoi voulez-vous que l'on ait trahi sa pensée ? Si ma mémoire est bonne, ceci reproduit de façon assez fidèle la croyance chrétienne. »

« Je regrette de vous l'entendre dire, répondis-je. Un

certain nombre de choses dans ce document me répugnent. L'opinion que cet homme, Paul, se fait des femmes me semble négative au point de friser l'insulte. »

Camillus me regarda surpris. Je citai le passage déclarant que les épouses doivent en toute chose se soumettre à leur mari, mais

« Vous avez mal compris les intentions de Paul, je crois. Le passage a été cité hors contexte et il ne fait pas de doute que vous en réduisez la portée. De mémoire, il exhorte les femmes à se soumettre à leurs époux comme au Seigneur. Il établit ensuite un parallèle entre cette façon de se soumettre et la soumission de l'église devant Dieu. Vous avez, ce me semble, omis la phrase-clé qui suit, dans laquelle il ordonne à l'époux d'aimer et de garder sa femme comme le Christ aime l'église. N'est-ce pas le texte entier ? »

J'opinai.

« Peut-être me faut-il en expliquer le sens. Quand Paul parle de l'église, il veut dire la congrégation des fidèles, réunis dans l'amour qu'ils portent à Dieu. C'est en partie pour illustrer le principe de la fraternité humaine que le Christ prit forme humaine et consentit à se sacrifier. »

Ma réaction devait se lire sur mon visage car il fronça des sourcils. « Dommage que nous n'ayons encore que le mot fraternité plutôt qu'un mot plus général, qui comprendrait l'humanité entière, mais dans notre congrégation nous n'excluons pas les femmes ni ne les considérons comme inférieures. Tel que je comprends Paul, il indique que la soumission que l'épouse doit à l'époux dans le cadre du mariage relève d'une soumission mutuelle, que les deux se doivent et qu'ils doivent à Celui qui est au-dessus de nous tous. En demandant à la femme de se soumettre à l'homme, il lui demande de se soumettre à la part divine qui existe chez l'homme, et celui-ci doit en faire autant pour la femme. »

« Très noble, tout cela, Camillus, dis-je avec impatience, et très attirant comme idéal, mais comment ce système fonctionne-t-il dans les rapports réels entre êtres humains en chair et en os ? Je ne me souviens pas que votre orateur ait précisé que la femme doit se soumettre seulement quand opère chez le mari le principe de la divinité. Et quand ce n'est pas le cas, quand il est dur avec elle, ou cruel, ou quand il la délaisse ? L'épouse chrétienne se soumet-elle à son époux aussi dans ces conditions ? »

Mes remarques lui donnèrent à réfléchir.

« C'est sans doute ce que souhaite Paul, dit-il précautionneusement, mais je ne suis pas sûr d'être d'accord avec lui. Accepter son argument, c'est accepter comme corollaire que la vie après la mort est plus importante que celle-ci; j'ai de la difficulté à le suivre sur ce terrain-là. D'après ce que racontent les hommes qui l'ont accompagné dans ses voyages, notre Seigneur parla peu, peut-être pas du tout, d'une vie après la mort. Par moments même, il semble en avoir nié l'existence, affirmant que le royaume des cieux se trouve dans le cœur de chacun d'entre nous. Je ne crois pas qu'il ait voulu que l'humanité ne connaisse que la souffrance et encore moins que celle-ci embellisse l'âme... »

Nombreux sont les Chemins...

Là-dessus, il s'interrompit, fit une moue. « Je digresse, fit- il à regret. Pour vous répondre directement, non, je ne crois pas qu'une épouse soit dans l'obligation d'obéir à un mari cruel. Si par sa conduite il prouve qu'il s'est détourné de la voie du Seigneur, la femme a raison de le quitter. »

Se rend-il seulement compte que par moments je fonds de désir en écoutant ses paroles. En même temps que mon cœur je sentais fondre mon opposition. Je ne cédai cependant pas de terrain.

« Il me paraît néanmoins être parfaitement misogyne, dis-je, faisant porter aux femmes la responsabilité de tous les malheurs du monde. Ne voyez-vous pas à quel point c'est injuste ? »

Il réfléchit quelques instants avant de se défendre.

Traduction Mair Verthuy

« Vous pratiquez une simplification excessive, annonça-t-il. Nos premiers parents n'étaient-ils pas tous les deux également fautifs, également dans l'erreur ? Ils cessèrent d'écouter Dieu pour n'écouter que la voix de leur propre vanité, Adam autant qu'Ève. Mais je ne souhaiterais pas que nous nous disputions à ce sujet. Il ne faut pas lire ces histoires anciennes au premier degré. Si l'interprétation que propose Paul vous offusque, vous avez raison de la refuser. »

Je voulais savoir s'il nous était loisible de grappiller ainsi dans les articles de sa foi.

« Paul parle avec beaucoup d'autorité, fis-je. Il semble indiquer que ceux qui s'opposent à lui sont dans l'erreur. D'après mon amie, le contrôle qu'il exerce sur les congrégations nazaréennes s'en va croissant. »

« Il en est ainsi à Rome peut-être, je ne peux pas le savoir, répondit-il. Je ne peux parler que pour ma congrégation. Ici nous attachons beaucoup d'importance à la déclaration de notre Seigneur selon laquelle dans sa maison il existe plusieurs « mansions. » Selon nous, Dieu existe au plus fort de chacun d'entre nous; si nous avons raison, le concept que nous nous en faisons diffère nécessairement d'une personne à l'autre. D'où il s'ensuit, selon ma façon de raisonner au moins, que personne n'a le droit de décider pour quelqu'un d'autre ce qu'il faut croire. Il me regarda soudain d'un air amusé. Est-ce que je progresse dans mes réponses aux objections de votre amie ? » me demanda-t-il.

« Dommage qu'elle ne soit pas ici pour avancer ses propres arguments, répondis-je sur un ton plein de regrets. Je n'ai pas l'impression de les avoir bien présentés. »

Comme il s'enquérait au sujet de cette mystérieuse amie, je m'excusai de lui avoir caché son nom.

« Elle est l'épouse de Pomponius, expliquai-je, c'est dans leur bibliothèque que je me suis livrée aux recherches préconisées par Eutarque. Et puisque nous en parlons, continuai-je, voulant éviter toute discussion de ma maladie et du remède recommandé par Eutarque, vous avez dû lire déjà les rouleaux d'Épictète que je vous avais transmis. Je crains qu'il n'ait pas su vous convertir. »

Il hocha sa tête.

« Effectivement. Pour l'instant au moins, bien que la lecture que j'en ai faite m'ait poussé à la réflexion. Je vous remercie de me l'avoir proposée. » Il ajouta qu'à la suite justement de ce travail, il s'était mis à rédiger quelques réflexions personnelles au sujet de sa foi qu'il s'engageait à me faire connaître. Il continua. « J'avais expliqué à Drusus que s'entraîner à la rédaction, c'est s'acheminer vers la vérité. J'ai cru que le moment était venu de suivre mes propres conseils. »

« Vous m'en voyez ravie, » m'exclamai-je, emportée par l'idée de lire quelque chose qu'il avait lui-même écrit. Mon cœur battait la chamade à l'idée que j'avais été au moins partiellement à l'origine de ses efforts et je lui demandai quand il pensait avoir fini.

« C'est fait, me dit-il, bien que le texte ait besoin d'être retravaillé. » Là-dessus, il retira de sous sa toge un rouleau que je lui arrachai rapidement des mains de peur qu'il ne change d'avis. J'étais déchirée entre le désir de lire tout de suite ce qu'il avait écrit et celui de rester à ses côtés.

« Restez, fit-il. L'écriture attendra. »

De nouveau, j'avais l'impression que mon corps se vidait. Posant le rouleau sur le banc à côté de moi, je repris mon travail de couture, détournant mon visage pour cacher mes rougeurs. Je tremblais, ne savais plus quoi dire. Je craignais que, remarquant mon agitation, il ne se retirât par politesse, mais il m'étonna en m'annonçant que je lui semblais plus heureuse maintenant que quand il était arrivé et qu'il s'en réjouissait.

Voilà bien la première remarque personnelle qu'il m'ait adressée; je mesurai ma réponse.

« Votre présence parmi nous m'a aidée à surmonter ce qui m'affligeait, lui expliquai-je. Je vous suis reconnaissante de tout ce que vous avez fait pour Drusus et pour moi. » Il disait ignorer ce qu'il avait pu faire et, prenant mon courage à deux mains, j'ajoutai qu'il s'agissait moins sans doute de gestes précis que d'une certaine qualité de guérisseur que lui, comme le rabbin qu'il adorait, possédait.

Sa réaction ne fut pas favorable.

« Pardonnez-moi, fit-il, mais vos remarques frisent le blasphème. Même en plaisantant, il ne faut pas faire de telles comparaisons. Les dons de guérisseur du Christ lui viennent de Dieu et sont une manifestation de son caractère divin. »

« Mais n'y en a-t-il pas d'autres qui ont ce même pouvoir ? » arguai-je.

« A un degré moindre, avoua-t-il. Puis après un court silence, il reprit. Oui, puisque vous insistez, j'ai effectivement un pouvoir de guérisseur qui a aidé à votre

Nombreux sont les Chemins...

guérison ; Drusus s'épanouit grâce à moi ; les esclaves dansent en travaillant. Voyons, soyez sérieuse, il ne faut pas me flatter ainsi. Nous autres Nazaréens, nous nous devons d'être humbles. Il m'est déjà difficile de m'y astreindre, vous ne devez pas encourager mes faiblesses. »

« Pourquoi la fierté serait-elle mal vue, Camillus ? demandai-je. N'existe-t-elle pas à l'état naturel ? Ne la partageons-nous pas avec d'autres créatures ? Le cerf, quand se montre-t-il humble? Ou le lion ? Qu'est-ce que ce Dieu qui voudrait nous voir ramper ?

A ces mots, Camillus fronça des sourcils, hocha la tête.

« Notre Christ ne nous demande pas de ramper, fit-il sur un ton décidé. Une grande distance sépare, me semble-t-il, l'humilité de la couardise. De plus, je ne crois pas que l'on puisse établir une comparaison simple entre l'âme d'un être humain et celle d'une bête. L'âme animale est primaire; la nôtre est de nature complexe. Il n'est pas nécessaire de freiner la fierté d'une bête car celle-ci est moins destructrice que nous; il manque à la bête la capacité de commettre des erreurs sur la même vaste échelle que nous. »

« Pourquoi alors, Camillus, dis-je, abandonnant quelques instants mon attitude aguichante, pourquoi n'y a-t-il que les êtres humains qui en seraient capables ? »

« Parce que nous jouissons du libre arbitre, ce qui n'est pas le cas des animaux, répondit-il simplement. Seul l'homme possède le langage, donc la conscience de soi. Les bêtes n'ont ni l'un ni l'autre. L'humilité, le courage, la puissance, voilà des concepts qui ne s'appliquent pas à leur cas. Ils ne vivent pas dans un monde divisé; leur ignorance est à la mesure de leur innocence. A nous la possibilité de choisir; à nous la possibilité d'échapper aux lois qui gouvernent leur conduite. Mais la possibilité de choisir entraîne celle de faire le mauvais choix. Le langage nous permet de voir et de comprendre; il est également à l'origine de tous nos malheurs. »

Je ne m'y trouvais plus.

« Je ne vous suis pas bien, Camillus. Notre philosophie nous apprend que dieu, c'est le logos. Le mot intérieur. Comment notre discours intérieur, la voix de la raison et de la conscience, peut- il être à l'origine de tous nos maux. Ce discours ne nous vient-il pas de dieu ? »

Il réfléchit quelques instants, ses mains jointes entre ses genoux.

« Selon notre foi. Dieu créa l'homme en le dotant de la faculté de raisonner, mais celui-ci en abusa et connut la chute. Il s'ensuit que notre discours intérieur est corrompu et ne correspond plus au langage divin ... »

Il se frotta la nuque, l'air gêné. « Pardonnez-moi, continua-t- il. Comme c'est absurde de m'engager ainsi dans la discussion de doctrines abstraites, de jouer sur les mots au sujet des mots. Cela aboutit à un terrible embrouillamini, qui est malheureusement tout ce qui nous reste. »

« Mais ce n'est pas tout ce qui nous reste, Camillus, » rétorquai-je, faisant exprès de mal le comprendre. Je tendis la main vers sa joue mais quoi qu'il ne résistât pas immédiatement, dès que je voulus attirer son visage vers le mien, il me saisit le poignet. « Camillus, m'écriai-je d'une voix passionnée, incapable de me retenir davantage, vous rappelez-vous être venu me voir il y a quelques semaines pour m'annoncer que vous aviez un aveu à me faire ? Soyez à votre tour patient avec moi car je me trouve dans le même cas. »

Il me regarda surpris, mais, sans lui laisser le temps de m'opposer un refus, je lui racontai tout, que j'étais tombée amoureuse de lui, que je ne me sentais plus capable de continuer dans le mensonge. « Je me rends bien compte, fis-je, que mes paroles ne peuvent que vous choquer, vous effrayer même; soyez assuré cependant que je connais bien les articles de votre foi et que je dis vrai quand je m'engage à ne pas m'imposer à vous. Savoir que vous savez me suffit, quelle que soit votre réaction au sentiment que j'ai pour vous. »

Une fois prononcé le mot « amour », ses yeux s'écarquillèrent. Je me sentais défaillir. Dieu seul sait comment Camillus me percevait ; comme une épreuve de plus à surmonter dans son chemin de la foi, comme la tentation personnifiée ? Je me rendis brusquement compte qu'avant ma déclaration intempestive il avait tout ignoré de l'état dans lequel je me trouvais. La réalisation de mon erreur, la gêne que je lui imputais, me faisaient frémir. J'eus honte de constater que j'avais introduit une nouvelle et désagréable ambiguïté dans son monde, qu'en quelque sorte j'avais souillé son innocence. Plus mon silence se prolongeait, plus je me paraissais monstrueuse; je me préparais à lui en demander pardon avant de me retirer, quand il rompit lui-même le silence. D'une voix rendue rauque par l'émotion, il me fit comprendre que les mots lui manquaient pour exprimer sa gratitude, qu'il n'était pas digne de ma considération. Il me dévisagea ensuite, désarmé. «Pardonnez-moi, ajouta-t-il, vous m'avez en effet choqué; il m'est impossible de décrire ce que je ressens. Vous devez me laisser le temps de réfléchir; peut-être vaudrait-il mieux que nous ne nous voyions plus pour l'instant. Je n'en sais rien. »

Une partie de moi-même voulait alors lui lancer des injures à la tête, le traiter de lâche, mais je n'en fis rien. Au contraire, je l'assurai que la décision ne dépendait que de lui (ce qui est l'évidence même) et le priai de m'excuser de cette ingérence dans sa vie.

Je l'avais pour mon bonheur mal compris. Rougissant, il se leva.

« Il n'est pas question d'ingérence, cria-t-il presque; vous ne devez pas non plus vous reprocher votre déclaration. Vous m'avez offert quelque chose de rare et de précieux qui vaut plus à mes yeux que tous les cadeaux du monde. Vous avez dû deviner, Claudia, que vous n'êtes pas seule à connaitre de tels sentiments ... Il se reprit et s'arrêta. Assez, fit-il. Je ne peux plus rester ici; c'est interdit. Veuillez m'excuser. » Là-dessus, il me salua très bas et me quitta.

Nombreux sont les Chemins...

L'on imagine le tumulte de mon cœur. D'un côté, je triomphais (il viendra vers moi, c'est sûr, il ne peut pas faire autre chose, l'amour ne connaît pas les interdits) ; de l'autre j'étais en proie à une crainte terrible (la conviction de l'avoir perdu, la pensée que même s'il vient, il sera changé, que mes déclarations l'auront empoisonné). De telles intuitions me plongent dans le désespoir, mais à l'instant suivant j'exulte de nouveau, évoquant son corps à côté du mien, m'abandonnant au plaisir ainsi provoqué, ne désirant qu'une chose, couvrir sa peau entière de mes baisers.

Il m'aime. Qu'il se donne à moi ou qu'il s'en retienne, il m'aime et rien ni personne ne peut m'enlever cela.

le 28 juillet

Traduction Mair Verthuy

Il n'est plus là; il est parti pour Rome. J'ai lu et relu le rouleau qu'il m'a donné; je l'aime de plus en plus, me reproche de plus en plus l'aveu que je lui ai fait. Pour me punir, je recopierai son texte, pour me consoler aussi de son absence. Sa composition n'est autre chose qu'une lettre écrite à mon intention.

Claudia,

Je vous suis très reconnaissant de m'avoir prêté cette œuvre du philosophe émérite, Épictète. Voilà un homme d'une vertu authentique. Entre sa croyance et la mienne, dans une certaine optique, il existe peu de différence. Je n'en veux pour exemple que cette citation :

« Homme, sois hardi jusqu'au bout, que tu puisses atteindre à la paix, à la liberté, à la magnanimité. Relève enfin ta tête, comme un homme libéré de la servitude. Ose élever ton regard vers Dieu et dis-lui : « Fais de moi désormais comme il te plaira, je fais un avec toi, je suis à toi. Je ne crains rien qui te semble bon; conduis-moi où tu veux... »

De telles déclarations me donnent parfois à penser que cet homme est un chrétien qui se cache. On sait peu de lui sauf qu'à un moment donné il s'est trouvé esclave à la cour de Néron. Je crois comprendre qu'aujourd'hui il vit modestement à proximité de Rome, où, à l'instar de son mentor, Socrate, il tient une école.

Le rôle que joue *Socrate* dans l'œuvre d'Épictète m'impressionne beaucoup. Faudrait-il d'ailleurs qualifier le système qu'il développe de religion ou de philosophie ? Par moments, le mot « dieu » chez lui semble signifier les forces de la nature; à d'autres, plutôt une intelligence autonome mais intégrée à la nature. Il m'est difficile de conceptualiser l'un ou l'autre.

Je peux cependant conceptualiser *Socrate*, aussi facilement d'ailleurs que le Rabbin Jésus. Ce qui me sépare d'Épictète ou lui de moi, c'est que je suis prêt à admettre de ces deux hommes que la part du divin en eux égale la part de l'humain, alors qu'Épictète, du moins je le pense, insisterait sur leur seule humanité.

Je vous imagine en train de me demander, les deux étant également vertueux, pourquoi je préfère le Christ à *Socrate*. J'ai fait de mon mieux pour examiner mes croyances de façon objective; de cet exercice je conclus qu'en fin de compte c'est peut-être tout simplement une question de tempérament. *Socrate*, tel qu'Épictète nous le présente, est le modèle héroïque de l'homme ayant consacré sa vie à un idéal, ce qui ne peut manquer d'être attirant. Quelque vivant cependant que soit le portrait de *Socrate* fait par Épictète, quelqu'éloquente que soit l'apologie de ses croyances offerte par ce dernier, au cœur de sa doctrine il existe une austérité, une aridité, qui me gênent. On ne saurait nier la noblesse de l'éthique stoïque, mais elle s'adresse, ce me semble, à quelques élus seulement. Les références répétées à des dieux

Traduction Mair Verthuy

chez Épictète relèvent davantage du syllogisme que de l'élan du cœur. Il en résulte que ses idéaux me paraissent hors d'atteinte pour le quidam, sans l'apport d'une croyance dans un dieu personnalisé.

Pour être juste, j'ajoute qu'il n'en va pas toujours ainsi. Certains passages dans les discours m'émeuvent profondément. Qui peut rester insensible à un passage comme celui qui suit ?

> Purifie ton cœur, chasse de tes pensées le chagrin, la crainte, le désir, l'envie, l'avarice, la couardise, l'intempérance. Et tout cela, tu ne peux le chasser qu'en élevant ton regard vers Dieu seul, en pensant à lui seul, en te pliant à sa seule volonté. Si tu désires autre chose, tu suivras en te lamentant et en gémissant ce qui est plus fort que toi, cherchant toujours la paix ailleurs qu'en toi et ne la trouvant jamais, car tu la cherches là où elle n'est pas et refuses de la chercher là où elle se trouve.

Plusieurs passages du même genre font appel à l'âme, mais dans l'ensemble Épictète s'adresse à la raison. Je vois que mes objections se divisent en deux catégories : d'abord l'éthique qu'il nous propose dépasse les possibilités de l'homme moyen ancré dans sa faiblesse; deuxièmement, il réduit le vécu humain à une fausse simplicité. Il part trop facilement du principe que c'est la raison qui nous gouverne. Me gêne surtout sa façon de parler de la mort.

Nombreux sont les Chemins...

« Ce ne sont ni la mort ni la douleur qui sont à craindre, dit-il, mais la crainte même de cette mort ou de cette douleur.» La mort, c'est le néant, la non-conscience. Nous devrions donc la confronter en toute confiance, essayer par la même occasion d'enrayer la peur irraisonnée qu'elle nous inspire. En réalité, bien sûr, nous faisons tout le contraire. Nous tentons bêtement de fuir la mort, alors que nous devrions plutôt en exiler la crainte.

Ces craintes, Socrate les traite d'épouvantails, et à juste titre, écrit Épictète. Autant les enfants s'effrayent devant les masques faute d'expérience, autant nous nous laissons affecter par divers événements pour la même raison. Qu'est-ce qu'un enfant ? Un être sans savoir, sans expérience. Qu'est-ce que la mort ? Un épouvantail. Retournez-le, vous verrez qu'il ne mord pas. Puisque la chair et le souffle vital doivent de toute manière se séparer de nouveau, ayant d'abord existé séparément, pourquoi se fâcher de ce que cette séparation a lieu maintenant ? Si ce n'est aujourd'hui, ce sera à un autre moment. Qu'est-ce que la douleur? Un épouvantail. Retournez-le et voyez-en la vraie nature. La malheureuse chair est sujette à des passages désagréables mais retrouve ensuite le calme. Si cela ne vous profite pas, la porte est ouverte; si cela vous agrée, supportez tout...

Avec quelle facilité ces mots nobles balayent le malheur des hommes et leur souffrance, la mort, la douleur, la confusion, ils en font des enfantillages, une incapacité à exercer sa volonté. Peut-être. Mais savoir qu'il en est ainsi, est-ce que cela aide ceux qui souffrent?

Il se trahit, je pense, un peu plus loin en disant que seuls les gens instruits sont libres. Par ce mot « instruits », il entend, en apparence du moins, ceux et seuls ceux qui ont appris à se préoccuper de tout ce qui est du domaine de la volonté, mais inconsciemment il révèle tous ses préjugés de classe, n'est-ce pas?

Sa philosophie a été forgée par les patriciens et se destine à eux : ceux qui ont et le temps et les moyens de se consacrer au perfectionnement de leur volonté ; pire encore, à ce tout petit groupe d'hommes riches qui ont l'abstraction infuse et les passions tellement faibles qu'ils y sont imperméables sans avoir à fournir le moindre effort.

C'est donc, à mon avis, une philosophie des riches pour les riches, bien que cette accusation finisse peut-être l'injuste.

Certes, ni Socrate ni Épictète n'étaient étrangers au travail manuel. On ne peut s'empêcher d'admirer Épictète ; parfois l'admiration se transforme même en affection; pour finir cependant, je sentais que je le refusais. N'y a-t-il pas dans cette pensée un noyau d'égoïsme contre lequel nous devons nous battre ? L'Homme n'existe, selon eux, que pour atteindre la paix intérieure, et cela en alignant sa volonté sur le monde de la nature. Cet objectif est certes louable, mais il me paraît insuffisant, et continuerait de me paraître ainsi même s'il ne se limitait pas à quelques élus. Voilà ce qui m'attire dans la foi chrétienne : la croyance que nous devons nous préoccuper non seulement de notre propre âme mais aussi de celle de notre voisin. Vivre « dans un bonheur paisible et une singulière pureté d'esprit » ne saurait nous suffire. Nous existons en fonction les uns des autres, nous faisons partie d'une communauté qui dépasse l'individu.

L'éthique individualiste d'Épictète n'engage pas le cœur. Cela est vrai pour moi; je crois que c'est nécessairement vrai pour d'autres aussi. Il n'est pas possible que je sois le seul être à rechercher une transcendance qui est absente de l'enseignement que nous proposent nos écoles. Il me semble qu'il doit exister dans le cœur de chaque homme ce désir d'une fusion avec quelque chose qui le dépasse.

« Je n'ai qu'un seul commandement à vous donner. Aimez-vous les uns les autres. » Voilà l'essence du message que nous laisse notre Seigneur. C'est un commandement qui m'inspire, un but qui me paraît bien plus valable que la poursuite de la paix intérieure, ce qui, en fin de compte, n'est que la recherche d'un bonheur égoïste, quelque noble que soit l'enveloppe de présentation.

J'ai encore une réserve à formuler au sujet d'Épictète, qui dit à un moment donné au sujet de Socrate:

Il jouait comme avec une balle. Et de quelle balle s'agit-il dans le cas présent? La vie, l'emprisonnement, l'exil, le poison à boire... Voilà ce avec quoi il jouait mais il n'en jouait pas moins et n'en lançait pas moins la balle avec grâce. Nous aussi, nous

Traduction Mair Verthuy

devrions, pour ainsi dire, jouer le jeu avec toute l'attention et tout le talent dont nous disposons, mais avec la même indifférence que s'il s'agissait d'une balle.

Je suis rétif devant l'idée de demeurer indifférent au ballon lui-même. Quel objectif vide de sens, qui fait fi du profond désir de justice qui existe au fond du cœur de chacun d'entre nous. Je souhaite vivre ma vie humblement, passionnément, faisant tout ce qui est en mon pouvoir pour alléger la souffrance et l'ignorance qui parsèment ma route.

Épictète affirme que ce n'est pas en comblant nos désirs que nous pouvons atteindre la liberté mais en les éliminant. S'il en va ainsi, peu d'hommes sont libres et peu d'hommes peuvent espérer un jour l'être. Comment un homme affamé peut-il maîtriser son désir de manger?

L'image que se fait Épictète de l'humanité est plus exaltée que la mienne. Là où il ne voit que la force, moi je ne vois, chez moi comme chez les autres, que la faiblesse. Sa philosophie vaut peut-être pour ces hommes droits qui ne requièrent comme guide que la raison, mais la majorité d'entre nous, même ceux à qui le pain ne manque pas, marchent de travers, dans l'obscurité, et ont besoin pour avancer de la lumière de Dieu.

Loin de moi cependant l'idée de terminer sur une condamnation. Il y a chez cet homme beaucoup à apprendre, et je vous remercie encore de m'avoir donné l'occasion de le connaître. Épictète proclame

Nombreux sont les Chemins...

que la première chose à apprendre dans la philosophie, c'est que les dieux existent et régissent l'univers. La deuxième, c'est qu'il faut apprendre leur véritable nature. « Car quelle que soit, d'après nos découvertes, leur nature, l'homme qui veut leur plaire et leur obéir doit s'efforcer dans la mesure du possible de leur ressembler. Si la divinité est fidèle, il doit aussi être fidèle; si elle est bienfaisante, lui aussi doit l'être. Celui qui fait de la divinité son idéal doit, avec chaque geste, avec chaque parole, adopter cette conduite. »

Il n'existerait aucun désaccord entre nous si seulement Épictète avait ajouté que l'essence de Dieu, c'est l'amour. À défaut de cet attribut, qui ne trouve aucune mention dans ces écrits, Dieu demeure une aspiration noble à laquelle il manque toute vie, un mot abstrait en manque de chair.

Votre dévoué serviteur,
Camillus

****

Je passai la plus grande partie de la nuit à recopier ce texte et ne dormis que peu ensuite. Je fus en proie à une très grande anxiété en me réveillant ce matin, incapable de manger, incapable de me reprendre suffisamment pour m'habiller. Après avoir terminé mes tâches, je me dirigeai vers le jardin dans l'espoir d'y retrouver Camillus, mais l'on m'intercepta avec un message au sujet d'une de nos esclaves, Lépida. Elle connaissait déjà les premières douleurs de son accouchement et je tenais à y assister pour lui offrir mes encouragements. C'était son premier enfant; je savais qu'elle craignait d'y laisser sa vie. Je la

Traduction Mair Verthuy

réconfortai du mieux que je pouvais, l'autorité que me conférait ma position y ajoutant un poids supplémentaire; je pus ainsi l'accompagner jusqu'à l'accouchement même qui eut lieu un peu après midi. Là-dessus je quittai la chambre à la recherche de Camillus ; il était déjà parti pour Rome, me laissant le mot qui suit :

Ma bien-aimée,

Votre déclaration d'hier, totalement inattendue, provoqua chez moi un remous terrible. Avant votre prise de parole, je ne soupçonnais aucunement la nature de mes propres sentiments; je n'avais pas vu combien je me trompais sur moi-même. Cette constatation me perturbe. Si j'ai pu ainsi me méprendre au sujet de l'amour que je vous porte, il me faut questionner tout ce que je crois savoir sur moi-même, il me faut réexaminer mes convictions les plus profondes.

Peut-être qu'il serait plus simple de vous raconter par le menu tout ce qui m'est arrivé depuis que nous nous sommes quittés. Je retournai à ma chambre où je voulus prier, mais le Christ me paraissait très lointain, et c'est votre visage qui s'imposait à moi. Combien je souhaitais le tenir entre mes mains, combien je souhaitais ainsi l'admirer. Que ce fantasme m'était doux, Claudia; jamais je n'aurais cru que la tentation pouvait se présenter avec une telle douceur ! Soudain, l'idée même que je pouvais vous considérer sous l'angle de la « tentation », comme un agent envoyé peut-être par l'esprit du mal pour mettre ma foi à l'épreuve, me paraissait monstrueuse, tordue,

Nombreux sont les Chemins...

perverse. Pour la première fois, il me vint à l'esprit que ce que l'on m'avait enseigné pouvait s'opposer à la vérité, pouvait ne pas y être conforme.

Très agité, j'arpentai longtemps la pièce, et finis par quitter la villa pour descendre à la baie. La nuit était calme, ne s'entendait que le clapotis rythmique des eaux contre la jetée. Peu à peu, leur régularité finit par me calmer. Je regardai au loin par-dessus la mer et je vis votre visage, puis j'ai vu celui de Jésus, et les deux ne firent qu'un, se fusionnant dans un seul et même élan. Il nous a commandé de nous aimer les uns les autres, mais l'on nous dit en même temps de résister aux désirs de la chair. Comment ai-je pu ne pas me rendre compte que les deux sont inséparables, comment a-t-il pu nous donner des ordres aussi incompatibles ?

Plus je me débattais dans cette contradiction, moins je me retrouvais. Platon affirme que l'amour sexuel est un des chemins qui mènent à Dieu. Par moments, je ne demandais qu'à le croire, à d'autres j'entendais la voix de mon Rabbin disant qu'il ne faut point convoiter ce qui appartient aux autres, que nous devons aimer également tous les êtres humains car nous faisons tous partie de lui-même, que l'amour égoïste est un mal à éviter. Je désirais vous serrer dans mes bras mais ce désir se transformait sans cesse en angoisse, et je tombais de nouveau dans le péché antérieur, vous envisageant comme tentation ou un défi à relever. Il me venait souvent à l'esprit que c'est en vous aimant en toute pureté et en m'efforçant à transcender tout désir physique que je mériterais

Traduction Mair Verthuy

pleinement le titre de disciple du Christ. Voilà, me disais-je, le conseil de dieu, mais quelques secondes plus tard j'y voyais l'influence du diable. Je me sentais sacrilège à ne voir en vous qu'un obstacle sur le chemin de ma pauvre foi et souhaitais ardemment venir me jeter à vos pieds, vous demander le pardon qu'un enfant demande à sa mère après avoir commis un acte honteux.

A la fin, de tels sentiments aboutirent à la pensée de Properce, et je sus que pour cette raison-là au moins il nous fallait renoncer à toute possibilité d'amour charnel. Je ne saurais être source de honte pour un homme vertueux; cela ne se justifie dans aucune philosophie.

Je revins à la villa, fermement décidé à vous dire que, dans ces conditions, il serait imprudent que nous restions à proximité l'un de l'autre, au moins dans un avenir proche. Je n'ai qu'un souhait, que notre amitié continue, et cela en toute honnêteté, mais il m'est difficile actuellement d'en envisager la possibilité.

En me réveillant ce matin, cette résolution avait cédé la place au désir de vous voir et de vous serrer dans mes bras. J'ai donc décidé de faire un bref séjour à Rome, séjour que j'avais déjà projeté de toute manière.

Une lettre récente de ma mère me donne tout lieu de croire que sa santé s'altère.

Je recommuniquerai avec vous en arrivant à la capitale. Veuillez me pardonner si je fais preuve de couardise. Comme je l'ai déjà dit en parlant d'Épictète, il y en a parmi nous qui sont faibles.

Nombreux sont les Chemins...

Camillus

****

J'ai lu et relu sa lettre. Plus je l'étudie, plus je suis sujette à la confusion que décrit Camillus. Mes sentiments oscillent violemment, le désir me portant jusqu'au ciel, la terreur qu'il ne revienne plus ou que son dieu ait raison et que notre amour soit un péché me plongeant de nouveau dans les ténèbres.

Quand il se range parmi les faibles, est-ce qu'il veut dire cette classe d'hommes pour qui dieu est nécessaire parce qu'ils savent que leur faible volonté ne leur permet pas de lutter contre le désir ? S'est-il enfui parce qu'il se sait incapable de me résister ? A Rome, il sera entouré d'autres chrétiens; ils lui donneront du « courage », le renforceront dans cette damnée foi.

Il ne faut pas que je pense ainsi. Quoi qu'il décide, il

me faut l'accepter. Si nous ne devons pas nous toucher, je me contenterai de ce qu'il propose. Je ne veux que le voir, que l'approcher, qu'entendre le son de sa voix. Qu'il plaise à dieu de le laisser revenir à moi.

le 1er août

Un étrange pot-pourri de rêves cette nuit, de Drusus en train de mourir, de Lucile se transformant en putain, de ma mère en train de pleurer. Dans le plus marquant d'entre tous ces rêves, je voyais des flammes jaillir parmi les colonnes de l'Isée, ce qui me secoua profondément.

La veille au soir, j'avais assisté au sacre du nouveau temple d'Isis. Quand le grand prêtre eut sacrifié un veau et donné sa bénédiction à la foule, à la lumière des torches la procession descendit vers le port pour la consécration d'un navire. L'émotion qu'engendra en moi la cérémonie entière fut tout à fait inattendue, me laissant en proie à des sentiments très divers. Combien je me languissais de Camillus, l'habillant en imagination dans les vêtements des isiaques, le menant par la main vers le sanctuaire. L'esprit de Clio m'envahit, et dans ma tête, j'essayai fiévreusement, par ma seule volonté, de l'obliger, lui à tant de distance de là, de revenir vers moi. Je suppliai Isis de le visiter, de rester auprès de lui, je lui ordonnai au nom d'Isis de m'aimer, d'écarter de lui ce dieu qui lui imposait de craindre et de mépriser les besoins de la chair. La nuit, l'air, tout m'enchanta, au sens propre du mot. La tête me tourna, je voulus danser, m'arrachant mes habits, me livrant à la folie...

Nombreux sont les Chemins...

Dans mon rêve, je suis punie de ces désirs enflammés; l'Isée est rasé. Les flammes dévorent le temple, dégageant la même puanteur acide que celle qui me tourmenta il y a quelques semaines, sauf que s'y ajoutait aujourd'hui la suffocante odeur douceâtre de corps putréfiés. Tout autour de moi, je voyais mourir des gens qui s'effondraient silencieusement dans les rues, leurs yeux exorbités de terreur. Au réveil, j'avais le cœur qui battait la chamade, j'avais la même impression de m'étouffer que quand j'avais rêvé du bordel. Il me fallut de longues heures d'étude pour faire oublier à mes sens ces chimères, dont il reste pourtant encore quelque chose.

Je perds la tête; s'il n'y avait rien d'autre, je le saurais par le souci manifeste de Properce à mon égard. Il me pousse à consulter Eutarque de nouveau; j'ai rendez-vous après-demain. Faut-il lui avouer les résultats de sa thérapie ou lui cacher mes sentiments ?

Je n'ai aucunement l'intention de suivre ses conseils s'ils viennent contredire mon désir, pourquoi donc les solliciter ? Si je suis malade, c'est parce que je veux l'être. J'aime, je suis possédée par l'amour, je veux aimer.

Cela ne le regarde pas.

Je ne me sentirai exister réellement que quand Camillus m'aura donné de ses nouvelles ...

le 2 août

Toujours pas de nouvelles.

Je devais lire Ovide avec Drusus aujourd'hui, mais dans mon agitation (mon extérieur de glace masquant un véritable volcan), je craignais de lire les vers à haute voix,

Traduction Mair Verthuy

ne sachant pas quelles sensations ils pouvaient évoquer. Je lui proposai à la place, comme un cadeau-surprise, de lire ensemble les rouleaux de Tacite dont Félix venait de terminer la copie. Je réussis à convaincre Drusus en lui signalant qu'il s'agissait du règne de Néron et qu'il serait ainsi en mesure, en assistant dans quelques semaines à la production que faisait son père d'Octavie de comparer la pièce à la narration historique d'un témoin oculaire. Il y consentit, et nous passâmes l'heure à lire des paragraphes à tour de rôle.

Bien que je fusse d'avance toute disposée à y réagir de façon positive, la rondeur, la clarté de la prose de Tacite dépassèrent mes attentes. Je doute qu'un dramaturge, quel qu'il soit, puisse arriver mieux que cet historien à faire vivre ses personnages. Mais combien terrifiante est l'histoire qu'il raconte. On ne peut que s'émerveiller devant l'espèce humaine, capable de produire, voire d'accepter, chez ses semblables, de tels excès de brutalité. Il est vrai que cette décennie connut également des hommes comme mon père qui sacrifièrent leur vie pour s'opposer à ces vilenies...

Depuis la lecture, je ne pense qu'à mon père, car elle déclencha un souvenir resté enfermé pendant de longues années au fond de mon cœur. Ce souvenir, à son tour, a donné lieu à des rêves apaisants. Je me sens maintenant plus calme, la terreur qui ne me quitte jamais tout à fait s'étant quelque peu éloignée.

Ce souvenir s'éveilla au moment où Drusus lisait le passage où Néron assassine Britannicus, son beau-frère, un homme, comme nous le rappelle Tacite, dont les droits au trône étaient mieux fondés que ceux de Néron.

Nombreux sont les Chemins...

Drusus, enthousiaste, lisait d'une charmante voix de garçon qui veut imiter celle d'un homme :

La coutume de l'époque voulait que les jeunes princes impériaux mangeassent à une table spéciale, plus frugale, sous les yeux de leur parenté; c'est ce que fit Britannicus. Un serviteur de confiance goûtait normalement ses mets et ses boissons, mais Néron avait pensé à un moyen de maintenir cette coutume sans pour autant se trahir en provoquant deux morts. L'on servit à Britannicus un breuvage innocent auquel son serviteur de confiance avait déjà goûté, mais Britannicus le repoussa comme étant trop chaud. L'on y rajouta de l'eau fraîche qui contenait le poison. Sans voix, son corps en proie à des convulsions, Britannicus cessa immédiatement de respirer.

Ses compagnons de table furent horrifiés. Certains, n'osant rien comprendre, s'enfuirent; d'autres, plus avisés, restèrent à leur place, immobiles, les yeux fixés sur Néron. Celui-ci, allongé sur sa couche, ne s'émouvait nullement, faisant simplement remarquer que les symptômes manifestés étaient la conséquence normale du Grand Mal dont Britannicus souffrait depuis sa plus haute enfance et qu'il recouvrerait sans doute sous peu et sa vision et le sentiment. Malgré ses efforts pour les masquer,

Traduction Mair Verthuy

Agrippine laissa paraître sur son visage une telle épouvante et un tel désarroi qu'il était évident que, comme Octavie, l'épouse de Néron, elle avait tout ignoré de ce projet. Elle se rendait compte surtout que cette mort lui enlevait son dernier allié; voici que Néron se livrait au meurtre d'un consanguin. Octavie, encore très jeune, avait cependant appris à cacher sa douleur, ses amitiés, tout sentiment intime. Après un court silence, le banquet reprit dans la gaieté.

La même nuit, le cadavre de Britannicus connut le bûcher. Ses funérailles avaient même été préparées d'avance et sans grands frais. Au moment où ses restes furent ensevelis au Champ de Mars, un violent orage éclata, ce qui pour beaucoup traduisait le courroux des dieux devant un tel meurtre...

Je ne réussis pas à me concentrer sur ce qui suivait car, à la seconde même, se présenta à moi le souvenir de ce même orage.

J'étais jeune à l'époque, ayant tout au plus douze ans. Au plus fort de la nuit, je fus réveillée par des coups de tonnerre sauvages, des vents qui hurlaient. En réponse à mes cris, des esclaves se précipitèrent à mon chevet mais n'arrivaient toutefois pas à m'apaiser. Je réclamais à cor et à cri mon père, et ne me laissai consoler que lorsqu'il arriva. Ce qu'il fit enfin. Il s'installa à côté de moi, me prenant dans ses bras, calmant mes peurs en m'expliquant que les dieux ne faisaient qu'étaler leur puissance afin d'enseigner à l'être humain l'humilité. Les vents passeraient, me disait-il, je ne devrais jamais avoir peur; il me protégerait toujours, et même si à l'avenir il était absent, son esprit ne me quitterait jamais. Il fallait que je sois courageuse, que j'accepte ce que la fortune me réservait, car un jour, cela il me le promit, je comprendrais les intentions des dieux et je verrais que tout était pour le mieux.

Ce jour n'est pas encore arrivé, mais, père, je vous remercie du cadeau que vous m'avez fait que sur le coup je n'ai pas compris.

Je comprends maintenant qu'à l'heure où il me parlait, le moment s'approchait déjà où il aurait à choisir entre le déshonneur et la mort. J'avais oublié cette rencontre, l'évacuant jusqu'à aujourd'hui de ma mémoire; je trouve cela bizarre.

La nuit dernière, dans mon rêve, je l'ai vu, de très loin au départ. Il se tenait debout sur une colline et regardait la mer. A mon approche, il se retourna, souriant, me tendant les bras, ses yeux signalant son bonheur. Cette vision m'a rendu l'espoir, m'encourageant sans raison à croire, quelle que soit la signification de cette terreur qui m'accompagne, que je survivrai ...

le 3 août

Toujours pas de nouvelles.

Une entrevue avec Eutarque à qui je n'ai rien révélé. Il se rendait manifestement compte que je mentais quand, en réponse à ses questions, j'affirmai que tout allait bien (j'ai maigri, je suis hagarde). « Il est évident que vous souffrez, dit-il sur un ton froissé, même si je ne comprends pas la nature de la détresse qui est la vôtre. Je crains de ne pouvoir vous être utile si vous persistez à ne rien dire. »

Pour l'amadouer, je lui fis part d'un de mes récents cauchemars. Il en conclut que mes craintes au sujet de la santé de Drusus m'obsédaient encore et m'assura que les rêves ne révélaient pas de façon précise l'avenir. Il me conseilla un voyage, à Rome, disait-il, pour rendre visite à Æmilia, mais, voyant ma consternation, il n'insista pas. A la place, il me prescrit un nouveau remède à base de plantes et me suggéra d'ajouter à mon régime des anguilles cuites à l'huile d'olive.

Nombreux sont les Chemins...

Il m'interrogea aussi au sujet de mon journal, me demanda si j'accepterais de lui montrer l'un de mes rouleaux. Je lui exprimai mes regrets, disant que je les détruisais au fur et à mesure que je les terminais. Encore une fois, je suis sûre qu'il savait que je mentais, mais il ne revint pas là-dessus. Il me posa tout à coup des questions au sujet de la fréquence de mes relations sexuelles avec Properce. Quand, en rougissant, je lui informai que ses questions me paraissaient inconvenantes, il rajouta énervé qu'il se préoccupait de ma santé. « Votre lecture de Lucrèce vous aura appris, chère amie, que l'on ne saurait envisager le corps et l'esprit séparément. Une chaleur excessive chez l'un peut aboutir à des désordres psychiques, qui se manifestent dans des peurs irrationnelles et des phobies, telles que celles que vous vivez. Si cela ne vous est pas trop pénible, je vous demanderai de me décrire vos relations avec votre mari. »

« Vous ne pouvez demander ces renseignements à mon époux? » demandai-je.

« De fait, mais ce serait alors son information et pas la vôtre. C'est votre vision de vos relations qui m'importe et il n'est pas en mesure de me la fournir. »

« Nos relations, comme vous dites, sont inexistantes, répliquai-je. Nous vivons comme frère et sœur, dans une affection et une estime mutuelles, mais nous couchons solitairement. »

« Cet état de choses existe-t-il par consentement mutuel ? »

« Mutuel mais non déclaré. »

« Ah. »

Il sourit de nouveau, plaçant ses mains sur ses

207

genoux. « Je souhaiterais qu'il n'en fût pas ainsi, dit-il, me pointant du doigt. Je vous conseille de revoir cette disposition de vos couches. Il n'est pas bon pour les êtres humains d'être privés de tout contact pendant de longues périodes. Même si vous ne reprenez pas vos relations, je vous conseille de reprendre un contact physique. »

A cela je rétorquai que la seule idée de le toucher me donnait la chair de poule, remarque qui me fit le même effet de surprise qu'à Eutarque.

« Vous n'êtes pas sérieuse, chère dame, fit-il lorsqu'il retrouva la parole. Du moins, je l'espère, car le contraire me navrerait. Mais pourquoi auriez-vous cette réaction ? Votre époux est parfaitement sain de corps et d'esprit. »

Je résistai à la tentation de lui dire qu'une partie au moins de son corps manquait totalement de vigueur et répondis plutôt que c'était moins l'idée de Properce que celle du contact physique en lui-même qui me répugnait (encore un mensonge.) Après m'avoir longuement scruté le visage, Eutarque me rappela qu'un médecin est impuissant devant un malade qui refuse de collaborer.

« Je ne souhaite pas porter un jugement sur vous, Madame, ce n'est pas à moi de le faire, mais je vous conseille de faire attention. Il vous faut surmonter ces scrupules imaginaires et reprendre vos relations avec votre époux. La folie vous guette sinon, si vous n'êtes pas déjà atteinte. »

Je voulus m'objecter à ces paroles, mais il leva la main pour m'imposer silence. « Je ne veux pas me disputer avec vous. Vous êtes libre de ne pas m'écouter; je ne prétends pas être omniscient. Parce que je veux du bien à vous et à votre famille, je vous offre les conseils qui

Nombreux sont les Chemins...

me semblent aptes à vous aider, mais nul ne peut faire dévier la vie d'un autre contre sa volonté. La solution finale de vos problèmes se trouve entre vous et les dieux. J'ai fait ce que j'ai pu. »

On pouvait déceler dans sa voix une certaine pitié, ce qui bizarrement m'émut. Ne voulant pas le laisser sur une impression d'échec, je me hâtai de le rassurer. Ses conseils m'avaient été fort utiles par le passé, fis-je, non sans le penser vraiment, et je réfléchirais à ce qu'il avait dit. Je réussis enfin à lui rendre une certaine bonne humeur, et il me quitta, le visage encore triste pourtant.

Je sais qu'il a raison, mais ma réaction, certes enfantine, est de le mépriser. Ses conseils sont bien intentionnés mais il ne connaît pas ma situation. Même en pensée, je ne peux envisager la reprise de mes relations avec Properce ; la pensée de cet homme me pétrifie. Aujourd'hui il représente à mes yeux la mort, une existence menée jusqu'au bout dans une noirceur perpétuelle. J'ai l'impression d'étouffer sans recours quand je pense à mon mariage et je ne recommence à respirer que quand je réussis à bannir Properce de mon esprit et à me livrer à mes fantasmes au sujet de Camillus. Quand son visage m'apparaît, je connais de nouveau la lumière et la liberté, mon cœur retrouve des ailes pour voler. Mais toujours je retombe dans la pesanteur, telle Andromède dans le tableau du triclinium chez Clio, enchaînée au rocher à attendre l'épée de mon libérateur, sans savoir s'il finira par me rendre la liberté ou me couper la tête.

le 4 août

Un messager arriva ce matin de Rome, mais je n'ai rien reçu de Camillus. Il y avait à la place une lettre d'Æmilia qui me disait l'avoir vu. Elle m'apprenait aussi la mort de Vespasien.

Chère Claudia,

Comme vous avez déjà dû l'apprendre, Vespasien est mort il y a quelques jours, laissant la succession à son fils. Puisque tous l'attendent et s'y préparent depuis plusieurs semaines, le passage a eu lieu sans difficulté.

Le vote du Sénat en sa faveur fut unanime (son acclamation par l'armée était acquise d'avance). Le règne de son père ayant été jugé plutôt modéré et sage, la population ne souhaite pas de gros changements, tout en souhaitant bien sûr, que Titus ne prolongera pas la tradition d'austérité à laquelle Vespasien l'avait habituée, qu'il serait au contraire plus généreux avec les monnaies de l'État.

Puisque le mot « parcimonie » est à l'ordre du jour, il faut que je vous raconte la saynète moqueuse jouée au théâtre hier soir et dans laquelle les comédiens imitaient les obsèques aux funérailles de l'empereur. (Et, entre parenthèses, dans ce domaine-là, celles-ci se faisaient remarquer surtout par leur simplicité, même si, comme d'habitude, on confirma encore sa divinité.) Pendant l'avance du faux cortège funéraire au théâtre, le comédien qui tenait le rôle du cadavre de Vepasien se redressa et demanda combien ces funérailles coutaient au Trésor. « Dix millions de sesterces », vint la réponse. « Donnez-moi plutôt cent mille, s'écria-t-il, et jetez-moi dans le Tibre. » La foule a hurlé de plaisir, et j'avoue que je faisais partie du nombre, malgré le manque de piété affiché par la saynète. Ce pauvre empereur, il avait à peine refroidi.

Voilà quelques semaines que je n'ai plus de vos nouvelles. J'espère que la santé continue de s'améliorer. Répondez-moi, s'il vous plaît, à la première occasion.

J'ai eu l'occasion l'autre jour de voir le précepteur de Drusus. Il est passé ici pour nous informer de sa présence à Rome, aussi bien que pour voir Marcus. J'ai cru comprendre que sa belle-mère a de graves ennuis de santé et qu'elle est au seuil de la mort. Camillus a l'air de se faire tant bien que mal à cette situation, bien qu'il laisse percer une mélancolie certaine. Ce jeune homme est vraiment très attrayant. Vous ne m'en voudrez pas, j'espère, de mon impertinence si je pose la question, mais je me suis souvent demandé s'il y avait un petit quelque chose entre vous deux.

Marie (l'esclave affranchie de Sabine qui fait partie de la congrégation nazaréenne ici) m'apprend qu'il assiste régulièrement aux services avec eux. Grâce à elle, j'ai pu apprendre d'autres choses au sujet de la secte. Il semble qu'ils soient tous convaincus que la fin du monde approche, qu'elle arrivera du moins de leur vivant. D'après ce qu'ils disent, ce rabbin qu'ils adorent aurait annoncé, sa crucifixion n'ayant pas encore eu lieu, qu'avant la mort du dernier homme à le voir en chair et en os, il reviendrait sur terre. Le moment doit être proche, car les derniers «apôtres», comme ils disent, ceux qui l'ont connu personnellement, se font très vieux.

Toujours grâce à Marie, *Sabine* a pris connaissance d'un document qui circule librement chez eux; il porte le titre : « Révélation selon Jean », et l'on y trouve toutes ces choses. J'ai demandé à *Marcus* de m'en obtenir un exemplaire, que j'ai étudié ensuite. Il aurait été rédigé il y a environ neuf ans, quand Titus assiégeait Rome. Pour tout vous dire, ce document ressemble à mes yeux à de la propagande pour les zélotes juifs. Il annonce un duel à mort entre Rome et Jérusalem dont ce dernier sortirait vainqueur. Vous serez enchantée d'apprendre que notre capitale s'y fait couvrir d'opprobre : nous sommes le grand Babylone accroupi sur nos sept collines, « mère de putains et une abomination sur la terre », « une grande prostituée avec laquelle tous les rois de ce monde ont forniqué. »

Il prophétise également que le rabbin Jésus réapparaîtra en chair et en os et que Rome sera vaincu. Tous les croyants morts sous les persécutions seront alors ressuscités, mais les non-croyants resteront morts pour les mille années à venir, pendant lesquelles les « justes » régneront. Au bout de ce millénium, une autre guerre éclatera je ne sais trop comment, et alors les rebelles seront jetés dans un lac de soufre et de feu, et les morts ressuscités et passés en jugement. Les « injustes » demeureront dans le lac de feu alors que les croyants ne connaîtront plus la mort. Au contraire, ils connaîtront la vie éternelle dans le nouveau Jérusalem auquel toutes les nations (naturellement) rendront hommage.

Nombreux sont les Chemins...

Cette bizarre polémique au langage plein de violence et d'excès me semble à peine masquer une façon pour les zélotes de compenser, psychologiquement au moins, leur défaite militaire. C'est ainsi qu'un enfant se livre à des fantasmes vindicatifs après avoir été réprimandé par des adultes. Le document est plutôt pathétique mais rempli en même temps de haine. Il ne servira pas la cause chrétienne ici, ni celle des Juifs, en fin de compte. C'est une chose que d'adorer des dieux bizarres, mais parler de la fin de l'état, c'est de la sédition. Je ne pouvais m'empêcher de penser que si ces Nazaréens ne font pas attention, ils risquent de se retrouver dans l'arène où tant d'eux sont morts sous Néron.

J'aurais aimé questionner Camillus au sujet de ce pamphlet (je n'arrive pas à croire qu'il adhère à de telles croyances) mais malheureusement, après un bref entretien avec Marcus, il nous quitta. La maladie de sa mère lui cause bien de la peine, ce n'était pas le moment d'engager ce genre de discussion.

Donnez-moi bientôt de vos nouvelles. Mes salutations cordiales à Drusus et Lucile, et, bien sûr, à Properce.

Est-ce que la nouvelle production avance ?

Amitiés,

Æmilia

****

le 5 août

Traduction Mair Verthuy

Cette nuit je rêvai que j'accouchais de son enfant. Je me trouvais dans une grande galère qui tanguait avec les vagues dans un long mouvement ralenti. Camillus se tenait à mes côtés, ma main dans la sienne, mais j'étais indifférente à tout ce qui n'était pas cette immense force qui me travaillait de l'intérieur vers l'extérieur. Je ne ressentais aucune douleur, l'immense effort seulement et la conscience de cette immense puissance dont mon corps n'était que l'instrument.

Puis l'enfant vint au monde, un beau garçon aux beaux cheveux bouclés, âgé déjà, à ma grande surprise, d'environ un an. Nous n'étions plus sur un bateau mais à terre; l'enfant chassait un papillon à travers un fouillis de fleurs au pied de la montagne.

Camillus se mit à sa poursuite, et les deux jouaient et s'ébattaient au soleil. Je les regardais, couchée sur un petit tumulus, subjuguée par l'amour. Mais il me vint à l'esprit que j'étais devenue invisible. J'étais là à les regarder mais absente en même temps. Ils ne pouvaient pas me voir. Je leur tendis mes bras mais ceux-ci se renfermèrent sur le vide. Quand je me réveillai, j'avais le visage baigné de larmes.

La vision me hante depuis ce matin, évoquant la douleur mais en même temps puisant à la source du bonheur. Comme si même dans la mort j'avais créé la vie.

le 6 août

Un tremblement de terre effrayant cette après-midi alors que je rendais visite à Lucile. Elle vit aux abords de

Nombreux sont les Chemins...

la ville et les secousses s'y firent moins sentir que dans la ville elle-même. Elles me dérangèrent néanmoins, suffisamment pour que je rentre précipitamment à la maison afin de me rassurer que tout allait bien dans notre quartier. Il n'y avait heureusement ni blessés ni dommages à la villa, quoique certaines des rues aux alentours par lesquelles je passai ne fussent plus que décombres.

Bien installée de nouveau à l'intérieur de mon enceinte, j'en revis encore toute la frayeur. Durant toute la matinée qui précédait, un sentiment intense de terreur m'avait habitée, le pressentiment que quelque chose d'affreux allait se produire. A tel point que pendant les soixante secondes que durèrent les secousses, il me semblait que mon pressentiment avait pu provoquer presque ce qui s'était passé. Les statues se balançaient sur leur piédestal, les tasses sur la table s'entrechoquaient. Je m'agrippai à la main de Lucile et elle me rendit l'étreinte. Nous restâmes ainsi, pétrifiées par l'appréhension, notre peur se reflétant dans les yeux de l'autre. À la fin, elle se mit à rire et me versa encore du vin.

Pour une fois, je ne lui en voulais pas d'en boire. Nous nous embrassâmes rapidement et je me levai pour partir mais, arrivée à la porte, elle m'arrêta et posa un geste qui m'émut terriblement. Elle m'entoura de ses bras et m'y serra avec une réelle émotion. « Ne soyez pas aussi distante, Mère, fit-elle en chuchotant. Telle que je suis, je demeure votre fille et je vous aime. » Elle m'avait peu habituée à une telle expression de ses sentiments, et, déjà désorientée par le danger que nous venions de traverser, je n'en étais que plus surprise.

L'après-midi entière avait été quelque peu inhabituelle, peut-être parce que moi aussi j'avais consenti à boire mon vin sans eau. Elle avait acheté et mis au frais une excellente bouteille de vin de Falerne que nous avons bue avec les huîtres et la salade. Elle était d'excellente humeur, essayant pour une fois de penser à autrui, aux autres membres de la famille. Elle s'excusa d'avoir semé la zizanie parmi nous (Je sais, Mère, que je vous ai causé une grande déception) mais m'assura que les sentiments qu'elle nourrissait à l'égard de Corneille étaient profondes et non passagères. Quand je lui demandai si elle le voyait toujours, elle me répondit le plus naturellement du monde : « Bien sûr, » ajoutant qu'ils se retrouvaient souvent aux bains. Elle m'affirma cependant que leur relation était tout ce qu'il y a de plus chaste et pure.

Et Flavius ?

Il consent à ces rencontres.

J'eus beaucoup de mal à ne pas lui dire combien je l'enviais. L'espace d'une seconde, l'idée me vint de lui demander de parler davantage de Corneille, de me décrire par le menu les détails intimes de leur vie, mais il va sans dire que je me retins. Je me sentais tout attendrie (l'effet du vin ?), me rendant compte que j'étais dorénavant mal placée pour jouer aux moralistes. Elle me paraissait très enjouée, comme lorsqu'elle était enfant, et j'y réagissais comme à l'époque.

C'est vraiment une très belle jeune femme, ou pourrait l'être tout au moins sans tout ce maquillage et ses coiffures compliquées et bizarres.

Durant notre conversation, je lui demandai si elle

avait entendu parler de la religion d'Isis. Elle me regarda, l'œil narquois, et avoua m'avoir aperçue dans la foule lors du sacre du Temple, s'être étonnée même de ma présence.

« C'est la curiosité qui m'a poussée à aller voir la procession, expliqua-t-elle. Les mystères de la foi ne me plaisent guère. J'espère, Mère, que vous n'envisagez pas de devenir une de ses adeptes ! »

Elle aurait aussi bien pu rajouter « à votre âge », car c'est ce qu'elle sous-entendait. Rougissant, je lui répondis assez vertement que telle n'était pas mon intention, mais que je ne voyais pas pourquoi elle trouvait nécessaire de parler sur ce ton négatif de quelque chose dont elle ignorait apparemment tout.

« Isis compte de nombreux adeptes, dont quelques-uns aux échelons les plus élevés de la société, » fis-je.

Vraiment, répondit-elle, ajoutant qu'elle ne s'y

intéressait que fort peu. Je ne pouvais m'empêcher de rire
sachant tout l'intérêt qu'elle porte aux grands de ce
monde, mais elle continua par dire qu'elle n'avait pas le
temps de penser aux dieux, qu'elle avait trop à faire,
qu'elle était, pour tout dire, trop heureuse.

Et qu'elle me souhaitait le même sort, d'être
heureuse, je veux dire.

Quelques secondes je me demandai ce qu'elle savait,
ce qu'elle soupçonnait. Pour tout ce que j'en sais, mon
amour de Camillus se lit sur mon visage.

« Peut-être qu'en vieillissant tu attacheras moins
d'importance au bonheur, » répondis-je sèchement, mais
j'eus ensuite honte de mon hypocrisie et m'excusai d'avoir
si mal réagi quand elle m'avait annoncé son intention de
quitter Flavius. Elle accepta mes excuses et nous nous
fîmes des sourires de réconciliation. Là-dessus une des
esclaves entra pour lui faire part de quelques difficultés à
la cuisine. Lucile quitta la pièce; elle revenait à peine
quand la terre se mit à trembler sous nos pieds.

A quoi pensait-elle, alors que nous nous tenions
désespérément par la main ? Pensait-elle à Corneille ?
J'avoue que ma première pensée concernait Camillus car
je me disais que, si je devais mourir, je ne le reverrais
jamais. En revisitant mon rêve de la nuit précédente, en
revoyant Camillus en train de jouer avec notre fils, je
sentis mon cœur se resserrer, je maîtrisais mal mon désir
de crier son nom à tue-tête.

Le tremblement de terre que nous venons de vivre
fut plus sévère que celui du mois dernier. Penser en
termes de trois relève, j'en suis bien consciente, de la
superstition infantile, mais je demeure persuadée qu'il y

en aura un autre, bien plus destructeur, que ces soulèvements récents sont autant d'avertissements de la part de la terre. Mais qu'allons-nous faire ? Abandonner nos maisons et fuir ? Où irions-nous et pour combien de temps ? L'avertissement, si c'en est un, est trop vague, l'heure de sa réalisation trop floue. L'on ne saurait y réagir de façon rationnelle car aucune menace immédiate ne se présente. Il n'aboutit donc pas à une action mais à un état permanent d'angoisse sourde, une inquiétude qui ressemble à de la mauvaise conscience.

Drusus ne semblait nullement dérangé par l'événement; au contraire il en était enchanté. Properce m'informa que le théâtre n'avait subi aucun dommage.

le 7 août

Enfin un mot de lui, m'indiquant que les médecins ont abandonné tout espoir pour sa mère à qui il ne reste que quelques jours à vivre. Je compatis avec lui dans sa douleur; en même temps une partie de moi-même, moins généreuse, se réjouit car, à sa mort, il reviendra vers moi.

Pour faire passer le temps plus vite, j'allai hier au théâtre pour assister à une répétition d'*Octavie*. Quelle pièce curieuse; malgré son thème très actuel, je ne crois pas qu'elle réussisse. Il y a trop de tirades, ce qui, dans mon état actuel, me paraît relever de la grandiloquence. Le pathétique du sort d'Octavie n'arrivait pas à m'émouvoir, et le comédien qui incarnait Néron me semblait exagérer démesurément ses gestes. Certes, le vrai Néron était souvent un imbécile ivrogne, mais cet acteur le représente sous les traits d'un bouffon, ce qui ne coïncide guère avec le ton tragique du drame et amoindrit, ce me semble, la mort d'Octavie.

Je ne fis pas part à Properce de ces critiques. Il est très engagé dans sa production, un peu comme s'il s'agissait de sa progéniture. Dans ces conditions, c'eût été cruel de lui faire remarquer sa difformité.

Je m'adonne à la rêverie, me promène dans la villa et ses jardins comme si mon propre fantôme revenait me hanter. Maladie d'amour. Jusque-là, j'avais toujours cru qu'il s'agissait là d'une figure étrangère.

J'ai renoncé à chercher la solution à mes problèmes dans la philosophie ; elle est devenue pour moi aujourd'hui simple distraction. Je lis depuis quelque temps les écrits d'Épicure dont j'avais emprunté les discours lors de ma dernière visite à Stabiae.

La plupart du temps je ne m'y intéresse guère (souvent je me laisse glisser vers des rêves nébuleux ou dans les interstices des mots), mais de temps à autre une ligne, une expression, provoque une réaction, et dans un réflexe disciplinaire, je la note :

> Pour la majorité le repos n'aboutit qu'à la stagnation et l'activité à la folie. Les rêves n'ont aucun caractère divin ni aucune force prophétique et ne résultent que de l'afflux des images.
>
> Nous ne devons pas violer la nature mais plutôt lui obéir; et nous lui obéirons si nous assouvissons tous nos désirs nécessaires, y compris ceux qui concernent la chair, à

Nombreux sont les Chemins...

condition de ne nuire à personne.

Nous pouvons nous protéger de tout autre chose, mais contre la mort nous autres mortels demeurons tous dans une ville non-fortifiée.

La parole du philosophe qui ne tient pas compte de la souffrance humaine est vaine.

Car autant la médecine est sans profit si elle n'expulse pas la maladie du corps, autant la philosophie est sans profit si elle n'expulse pas la souffrance de l'esprit.

Hélas, dans mon cas, elle n'y arrive pas. L'étude de la philosophie n'a réussi qu'à me faire prendre conscience de l'inaccessibilité de l'état d'esprit qu'il recommande. Elle a rajouté une dimension de plus à ma mélancolie, un échec de plus à ma corde.

le 9 août

Les rêves ne sont peut-être que des images qui affluent, mais où celles-ci prennent-elles leur source, pourquoi apparaissent-elles dans de telles combinatoires ? Cette nuit, je me suis encore sentie inondée de rêves, dont seuls deux me restent en mémoire. Le premier était tout à fait « ordinaire », le deuxième tellement intense qu'en me réveillant je suis restée longtemps désorientée, faisant très peu confiance à mes réactions.

Dans le premier, je me trouvais dans la nécropole aux abords de la ville, en train de visiter la tombe de mon père. (En réalité, il est, bien sûr, enterré à Rome). Je plongeai mes mains dans le panier afin de récupérer les fleurs que j'avais apportées en offrande mais ne trouvai sous mes doigts qu'un petit objet en bois. En le retirant du panier, je vis avec une certaine surprise qu'il s'agissait d'un phallus sculpté miniature tel celui que j'avais aperçu plus tôt sur le marteau de porte d'un marchand de vin en ville. Très gênée, je le jetai aux ronces mais, ce faisant, me rendis compte que ma main avait été détachée au niveau du poignet. Ne restaient qu'un moignon et une peau toute neuve à l'endroit où auraient dû se trouver mes doigts. Bizarrement je trouvais toute naturelle cette amputation comme si je comprenais bien que ma conduite avait déshonoré la tombe de mon père et que les dieux me punissaient donc de cette entorse.

Le deuxième rêve suivait le premier après une séquence confuse dont je ne garde rien. Dans celui-ci, je ne jouais aucun rôle, ne faisais qu'observer la scène.

Nombreux sont les Chemins...

Au départ, je n'apercevais qu'une plaine déserte. Rien ne poussait nulle part, il n'y avait que des affleurements de roches et de pierraille partiellement recouverts d'un sable noir qui ailleurs constituaient des monticules et de petites collines. Le paysage m'était totalement inconnu à l'exception d'une grande baie lointaine et de la montagne. Mais maintenant la montagne avait changé, avec deux mamelons plutôt qu'un, et elle semblait avoir rétréci. « Peut-être que les proportions paraissent changées parce que le paysage est vide,» pensai-je, avant de remarquer au loin un être qui descendait la route à l'aide d'un bâton. C'était un vieillard qui ne portait qu'un pagne sur un corps brûlé par le soleil.

Il quitta la route et grimpa sur une des monticules de pierres. Là il se mit à creuser, déplaçant les roches et tamisant la terre de ses mains. Ses travaux révélaient une patience acharnée qui me fascinait; j'étais curieuse de savoir ce qu'il allait découvrir. Je m'approchai et constatai qu'il avait partiellement déterré une colonne de pierre, un peu comme celles qui ornent la base du cadran solaire au Forum, mais il n'y fit pas attention et continua de creuser. Le trou devenait de plus en plus large, de plus en plus profond au fur et à mesure qu'il creusait, et finissait par lui masquer le corps jusqu'à la taille. Il cogna quelque chose avec son bâton et s'agenouilla pour l'examiner, écartant la terre pour en dégager la forme.

A ce moment-là, je compris. Je n'avais pas besoin d'apprendre la nature de l'objet; il s'agissait du squelette d'une femme, protégeant de ses bras un enfant mort.

Le vieillard s'écria, se pencha pour toucher les os, et je pus voir qu'il avait les yeux pleins de larmes. Je vis aussi que c'était Camillus. Le choc fut tel qu'il précipita mon réveil.

« Les rêves n'ont rien de divin. » Celui qui peut s'en montrer aussi sûr n'a pas dû en connaître beaucoup, ou n'en a pas connu du genre dont je parle. Épictète nie l'existence de dieux qui nous parlent à travers nos rêves ou de voix qui nous prédisent l'avenir. Je peux le croire pour les dieux mais pas pour la voix. Il se peut qu'il n'y ait pas de dieux mais il y a quelque chose, quelque dimension de la réalité différente de celle que nous connaissons d'habitude qui s'expriment dans nos rêves. Je veux bien reconnaître que le rêve de la nécropole résultait d'un afflux d'images, d'un repositionnement, demeuré pour moi inexplicable, des objets ou des pensées qui me hantent depuis quelque temps (je repensais l'autre jour à la mort de mon père), mais le deuxième rêve me semble témoigner d'un autre monde. Je n'ai aucun moyen de savoir si ce monde existe ailleurs que dans ma propre conscience, mais ces rêves « spéciaux » sont imbus d'une certitude, d'une conviction totale qu'il m'est impossible de désavouer. Je suis convaincue au moment où je rêve que ce que je vis n'est pas qu'un rêve, alors qu'à d'autres occasions, je sais, soit dans le rêve lui-même soit en me réveillant, que cette expérience n'est que le fruit de mon imagination.

Peut-être qu'il s'agit là des rêves que connaissent les fous; peut-être que la certitude qui est la mienne n'en est qu'un symptôme.

Une chose qui distingue ce qui m'arrive maintenant de ce qui m'arrivait il y a deux mois, c'est que je ne crains plus ces rêves. Ils font peut-être partie de ma « maladie »,

Nombreux sont les Chemins...

voire de ma guérison, mais quoi qu'il en soit, ils ne se plient pas à ma volonté.

Le programme thérapeutique imposé par Eutarque, loin de renforcer ma volonté, semble avoir abouti à l'effet contraire. Une autre volonté, que mon esprit ne connaît pas, vit maintenant à travers moi, tissant des liens entre mon âme et celle de Camillus. Je ne peux pas résister. Je choisis de ne pas résister.

le 11 août

J'attendais dans le jardin au moment de son arrivée. En sa présence, chacun de mes sens reprenait vie séparément, connaissait une grande jubilation. J'avais pensé heureusement à apporter avec moi un travail de couture afin d'occuper mes mains; je craignais autrement de me jeter à son cou et de m'accrocher à lui comme une possédée. En nous saluant, nous ne nous touchâmes pas, mais comment me tromper sur l'amour et la joie qui se lisaient dans ses yeux ? Mais quand il s'assit à mes côtés son visage s'assombrit; je me souvins avec honte de sa récente douleur.

Il était pâle et avait les yeux cernés. Il était manifestement épuisé à la suite de son long voyage et de la longue lutte qui l'avait précédé. Je lui posai des questions sur la mort de sa mère; il répondit, ponctuant ses phrases de longs silences, que malgré ses souffrances elle avait fait preuve d'un grand courage. Elle n'avait point cédé à sa douleur, avait refusé jusqu'à la toute fin de prendre les décoctions que lui proposaient les médecins.

Traduction Mair Verthuy

Peu avant de mourir, elle avait prononcé quelques paroles qui l'avaient blessé, qui semblaient lui causer autant de peine que la mort elle-même. Je voyais bien que cette plaie-là n'était pas encore cicatrisée et qu'il essayait d'y faire face. J'aurais aimé le serrer dans mes bras mais à la place le laissai parler.

« Je vous ai peu parlé des croyances religieuses de mes parents adoptifs, fit-il. Mon père est de la foi hébraïque, mais ma mère, Romaine, n'avait à ma connaissance aucune foi. Elle savait depuis des années que je m'étais converti au christianisme mais m'avait fait comprendre qu'elle ne souhaitait pas en discuter. J'étais d'autant plus étonné alors quand une nuit, une semaine avant sa mort, elle me demanda de lui expliquer mes croyances. Durant les nuits suivantes, je fis de mon mieux pour lui décrire ma foi et les raisons pour lesquelles je l'avais faite mienne. Je lisais à haute voix des histoires tirées de l'enseignement de notre rabbin, pensant lui plaire. J'espérais, voyez-vous, que les paroles du Christ feraient leur chemin dans son cœur, et que je serais moi l'instrument de sa conversion. Je voulais tellement qu'elle comprenne et partage mes croyances et pendant un temps je fus persuadé que c'était le cas. Mais je me trompais. »

« Les médecins, qui ne pouvaient plus soulager sa douleur, l'encourageaient depuis quelques jours à boire la coupe. Le quatrième jour elle y consentit, mais peu de temps avant de le faire, elle se tourna vers moi avec dans les yeux une expression qui me hante encore. Tout se passait comme si elle me voyait déjà à partir d'un autre monde, un monde qui ignorerait le nôtre. Sa voix était faible, elle n'avait plus de force, mais je l'entendais distinctement. Mon fils, dit-elle, elle est fausse cette lumière dont tu parles; le Messie auquel tu crois est jailli de ta propre imagination. »

Il se pencha en avant, se tenant la tête entre les mains.

« Elle n'avait plus la force de continuer; je crois pourtant qu'elle aurait souhaité le faire. Elle ferma les yeux, et quelques instants après, sans me regarder, elle demanda la coupe. »

« Quand elle eut fini de boire, elle s'allongea sur ses coussins. Puis, comme si elle me prenait en pitié, elle me saisit la main. J'ai l'impression de l'avoir tenue longtemps avant de comprendre qu'elle ne sentait plus rien. J'ai honte de ma réaction. Je ne pensais qu'une chose : qu'elle était partie et que son dernier geste, malgré tout l'amour qu'elle me portait, avait été de nier ma foi, comme si la détruire, c'était ce qu'elle avait de plus important à faire. Elle n'y réussit pas, mais pourquoi en avait-elle envie, Claudia ? Je n'y comprends rien. Au nom de quelle valeur une mère agonisante cherche-t-elle à convaincre son fils que sa foi n'est qu'illusion ? »

Cette déclaration sur un lit de mort, qui me paraissait extraordinaire, me mystifiait autant que lui. Mais j'y trouvais en même temps une espèce de courage bizarre.

« Peut-être la valeur romaine : la vérité. »

« La vérité, répéta-t-il, amer, la vérité de la soi-disant raison, née du discours intérieur plutôt que de la lumière. C'est là une vérité de poussière et de cendres. »

Son amertume me surprit, ainsi que la colère qui soudain m'anima.

« A votre place, je ne balayerais pas si vite les paroles de votre mère, rétorquai-je. Je ne sais pas non plus pourquoi elle vous a parlé ainsi. Je trouve aussi que c'était là un geste cruel, mais peut-être qu'on peut l'envisager sous un autre angle. Elle cherchait peut-être, Camillus, non pas à vous faire de la peine, mais à vous aider. Peut-être parlait-elle autant en tant que femme qu'en tant que citoyenne romaine. En traitant votre Christ d'illusion, peut-être voulait-elle vous ramener dans un monde de chair et de sang. Voilà qui me paraît parfaitement naturel. Quelle mère souhaite voir son fils se détourner de la vie qu'elle lui a donnée ? Peut-être qu'elle voyait dans votre religion un refus de la vie, auquel cas elle avait raison de ne pas l'accepter. »

Il me regarda dans un désarroi silencieux. Je n'avais pas eu l'intention de lui parler sur un ton aussi sévère. Ses yeux cherchèrent les miens, essayèrent de comprendre.

Nombreux sont les Chemins...

« Est-ce ainsi que vous comprenez ma foi, demanda-t-il, sa voix trahissant une telle douleur que mon cœur se resserra. »

Il se détourna mais je pus voir les larmes qui coulaient abondamment le long de ses joues. J'avais l'impression de regarder saigner une statue, tellement il me paraissait pâle, distrait.

« Camillus, mon beau Camillus, » fis-je, l'attirant vers moi; à ma grande joie il ne résista pas mais posa sa chère tête contre ma poitrine en m'entourant la taille de ses bras. Je le tins comme j'aurais tenu un enfant, le berçant pour le calmer. Jamais je n'ai ressenti à l'égard de mes enfants la même vague de tendresse que celle qui me submergea en le tenant ainsi dans mes bras, mais l'extase fut de courte durée. Les mêmes sentiments qui parcouraient mes veines l'inondaient aussi, je le sais, mais il se raidit et s'éloigna de moi.

« Pardonnez-moi, marmonna-t-il, en tremblant. Il s'entoura de sa toge et se leva, nous ne pouvons devenir amants, répéta-t-il d'un air affolé ... Je suis venu pour vous le dire. Pardonnez-moi, je voudrais pouvoir l'expliquer, mais je suis venu vous dire qu'un amour tel que le nôtre est un péché. Dieu est peut-être une illusion, le péché cependant existe. Vous sourcillez, Claudia, devant ce mot; c'est un concept étranger, je le sais, mais il n'est pas faux pour autant. Ne voyez-vous pas, Claudia. Savoir dans son âme quel est le droit chemin et refuser de le suivre, c'est cela le péché. Le bonheur ne peut pas naître de ce qui cause le malheur d'autrui. Nous n'existons pas dans un monde isolé; en créant la souffrance chez les autres, nous la créons chez nous aussi.

Traduction Mair Verthuy

Voilà ce que voulait dire le Seigneur en déclarant : « Celui qui blesse la moindre de ces personnes m'a blessé par la même occasion. » Nous ne pouvons pas faire souffrir votre époux ; nous n'en avons pas le droit.

Devant son deuil, j'avais tort de m'enflammer, mais ses paroles m'exaspéraient.

« Il est parfaitement ridicule de penser que l'on peut vivre sa vie sans jamais faire de mal à personne, m'écriai-je. Et que faites-vous de ma douleur ? Comment savez-vous que je ne fais pas partie de ces moindres personnes dont parlait votre rabbin ? Dans la balance, combien pèse ma souffrance à côté de celle de Properce ? Ou à côté de la vôtre, Camillus, ou est-ce que nous ne comptons pour rien ? Dites la vérité, s'il vous plaît, et ne vous cachez plus derrière la religion. Il me semble que vous fuyez non pas le péché mais le plaisir des sens, et cela je n'arrive pas à le comprendre. Est-ce que vous préférez souffrir ? Comme s'il n'y avait pas assez de souffrance dans ce monde sans que nous en rajoutions ! Je me tus quelques secondes mais devant son silence je continuai précipitamment. Ce dieu que vous adorez est indigne s'il veut nous voir souffrir; il est également rempli de contradictions, car n'est-ce pas lui qui nous commande de nous aimer les uns les autres ? Je ne vois pas pourquoi on en fait une course aux obstacles. Aimez-le et aimez ses commandements, voilà ce qu'il a dit, n'est-ce pas ? Où dans ces commandements est-ce écrit qu'il faut n'aimer que par l'âme ? S'il est, comme vous le pensez, le créateur de toutes choses, il créa aussi le désir; comment aurait-il pu vouloir qu'on le méprise et qu'on le frustre. Pourquoi accepterais-je un dieu qui ne s'intéresse qu'au monde de l'esprit et qui nie

Nombreux sont les Chemins...

ce qu'il a lui-même créé. Le monde créé est celui de la chair. »

Pour toute réponse, il me fit un pâle sourire comme s'il avait entendu maintes et maintes fois de tels arguments et qu'il aurait pu répondre s'il était question d'avancer d'autres arguments mais que tel n'était pas le cas. Confuse, honteuse après coup, je lui fis mes excuses, le suppliai de ne pas partir, lui promettant de ne jamais plus oser le toucher, de ne jamais plus vitupérer contre sa religion. Au contraire, je la respecterais.

Je suppose que j'aurais continué ainsi à formuler des promesses mais sa main vint fermer ma bouche.

« Doucement, fit-il tendrement, il ne faut pas dire ce que vous ne croyez pas, et il ne faut pas pleurer, car j'avais fondu en larmes. » Puis nous nous trouvions enlacés et cette fois aucune résistance n'y mit fin. Il m'accompagna jusqu'à mes appartements, toute la nuit nous restâmes dans les bras l'un de l'autre, à dormir, à offrir nos hommages à Éros, rêvant sans rêver.

Un peu avant l'aube, me croyant endormie, il se glissa hors du lit. Quand je me dressai et l'appelai par son nom, il revint pour m'étreindre.

« Tu ne me quitteras pas, demandai-je. Tu ne te sauveras pas ? »

« Mais non, fit-il en m'embrassant.

« Et c'est toujours un péché ? »

Il me fit de nouveau un baiser sur le front.

« Tais-toi, dit-il, nous n'allons pas nous disputer pour un mot. »

Il a promis de ne pas me quitter, pour l'instant c'est tout ce qui me préoccupe. J'accepterai tout ce qu'il demande, même une relation chaste si tel est son souhait. Peut-être que maintenant ce serait possible.

Ah qu'on se dupe facilement ! Comme si le désir ne me poussera pas de nouveau à lui poser tentation. Pour ne plus le toucher, il faudrait que je n'ai plus de mains.

Mais je n'imagine pas Camillus sans sa foi. C'est cette pensée qui m'angoisse et non celle de Properce ou de Drusus ou de mes vœux de mariage. Ce qui me hante, c'est l'idée qu'en m'aimant il sera quelque part diminué, coupé de sa force, que sa conscience inquiète le tourmentera. C'est horrible de penser qu'il pourrait souffrir par ma faute. Je ne peux que formuler des prières (à qui, à Isis ?) pour que je n'aie pas tort et pour que lui n'arrive pas à la conclusion contraire.

****

le 22 août

Nombreux sont les Chemins...

Chère Clio,

J'ai beaucoup à raconter et très peu de temps pour ce faire, car je pars bientôt pour Alexandrie.

Cette phrase sonne bizarre, même à mes oreilles.

Plus bizarre encore, je ne sais pas quand je reviendrai, ni même si je reviendrai.

J'ai demandé le divorce et Properce y consent. Je vivrai avec Camillus à Alexandrie dans des conditions encore à définir. Il s'y trouve déjà, étant parti hier avec Drusus.

Je devrais peut-être relater les événements des dernières semaines en respectant l'ordre chronologique.

Après l'avoir lu, je confrontai Camillus avec le pamphlet que tu m'avais envoyé au sujet des dires de Paul. Nous parlâmes de tes objections à cette religion et à sa défense il offrait une interprétation autre du texte. Je ne me souviens plus très bien de ce qui se passa ensuite mais à un moment donné je lui avouai mon amour. J'essayai en même temps de lui faire comprendre que je respecterais sa liberté et que nos relations n'avaient nul besoin d'expression physique, mais il fut très remué. Je voyais bien malgré ses démentis qu'il m'aimait et me désirait autant que moi je l'aimais et le désirais mais que sa foi l'empêchait d'agir.

Le lendemain il partit pour Rome. Il venait d'apprendre que sa mère était malade mais la vraie raison de ce départ précipité est à chercher, j'en suis persuadée, dans sa crainte de ce qui arriverait s'il restait.

Ah Clio, c'est comme si mon aveu l'avait scindé en deux. Je suis tout à fait convaincue qu'il ne savait rien de mes sentiments avant ce moment fatidique et encore moins des siens. Là-dessus, déchiré, il doutait de lui- même, se sentant interpellé par deux voix plutôt qu'une, incapable de choisir entre elles, une condition que je ne connais que trop bien. Je m'en voulais d'avoir introduit dans son monde de tels tourments; la vue de sa confusion me plongeait dans le désespoir. Chose bizarre, comme tu as dû le remarquer, de tels états provoquent parfois la deuxième vue. Je compris soudain la grande menace qu'Éros faisait peser sur le soi rationnel, plus peut-être que sur l'âme. Éros s'allie à l'esprit, mais il retourne la raison contre elle-même comme il le fit avec Camillus. Il nous menace de folie, d'une perte de contrôle, ce que les hommes craignent autant sinon plus que la mort. Je l'aime comme jamais je n'ai aimé dans ma vie ; voilà pourquoi je le suis vers l'Est.

Avant de partir, Camillus me manda une lettre dans laquelle il décrivait sa confusion et s'excusait de sa couardise. Il resta près de deux semaines à Rome au chevet de sa mère. Par ses dernières paroles, celle-ci devait, assez étrangement, s'opposer à sa foi, disant que son messie est une illusion; ce geste provoqua une grande douleur chez lui. Il revint ici après les funérailles, doublement blessé, par sa douleur et par cette inexplicable opposition de sa mère à sa religion chrétienne. Son état était tel que ses scrupules étaient

Nombreux sont les Chemins...

impuissants devant la montée du besoin qu'il ressentait à mon endroit ; il vint me rejoindre dans mon lit. Là-dessus, déchiré, il doutait de lui-même, se sentant interpellé par deux voix plutôt qu'une, incapable de choisir entre elles, une condition que je ne connais que trop bien.

Pardonne-moi, je raconte mal mon histoire, tu dois t'y perdre. Camillus et moi ne parlons jamais en termes précis de notre avenir. Nous ne faisons pas de projets, comme si ceux-ci nous paraissaient déjà futiles.

Au quatrième jour de son retour, le temps devint maussade, et malgré la saison la température chuta. Un vent humide souffla de la mer, la lumière du ciel semblait bizarrement éteinte malgré l'absence de tout nuage. Drusus prit froid et se mit à tousser. Je le couchai immédiatement et fis chercher Eutarque, mais il était évident, bien avant l'arrivée de ce dernier, que mon fils avait les poumons sérieusement atteints. J'aperçus les linges tachés de sang ; la peur me saisit. La conviction de sa mort imminente me posséda, et je sentais approcher ma propre mort comme si nous devions mourir ensemble. Après son examen cependant, Eutarque déclara qu'il y avait effectivement eu une hémorragie mais qu'elle n'était pas grave. Il affirma qu'aucun danger immédiat ne guettait Drusus mais conseilla vivement son départ pour un climat plus sec. Il proposa Alexandrie, et Properce accepta de suite, me rassurant avec une tendresse qui ne pouvait que décupler ma culpabilité. Camillus, Drusus et moi devions embarquer deux jours plus tard et l'on mit en train les préparatifs.

La veille de notre embarquement, je tentai de composer une lettre expliquant mon amour pour Camillus et demandant à Properce de m'accorder le divorce, mais aucun de mes brouillons n'expliquait de façon adéquate ce que je ressentais. Au lever du soleil, la fatalité m'avait saisie. J'accompagnai Camillus et Drusus jusqu'à l'embarcadère sans leur dire que je ne les accompagnais pas, ignorant moi-même jusqu'à la dernière minute que je ne partirais pas. J'embrassai Drusus, promettant de le retrouver sous peu. Puis j'embrassai Camillus; dès qu'il comprit que je restais, ses yeux trahissaient son inquiétude. Il me faut le dire à Properce en personne, plaidai-je. Ensuite je vous suivrai. Tu n'as pas à craindre que je ne vienne pas; je t'aime; je t'ai donné mon fils. M'arrachant à sa présence, je traversai le quai en trébuchant pour passer par la porte qui menait à la cité.

De retour chez moi, j'allai immédiatement parler avec Properce. Mon aveu le choqua. Son visage perdit toute couleur, comme si la vie l'avait quitté et un instant je pus croire qu'il avait été frappé d'un malaise cardiaque. J'avais de la difficulté à croire que ma nouvelle pût ainsi le surprendre. L'amour que je vouais à Camillus avait dû se lire sur mon visage ces dernières semaines; pourtant il était aussi abasourdi que si je lui avais annoncé que les lois de la mathématique ne s'appliquaient plus ou que les forces de la nature étaient en suspens.

J'avais craint de le blesser; cette crainte était justifiée mais pour des raisons différentes de celles

Nombreux sont les Chemins...

que je lui avais prêtées. Mes paroles touchaient moins son cœur que son intellect. Que je puisse lui préférer un autre n'offusquait nullement sa fierté ni sa virilité, c'est son jugement qui était mis en cause. Il avait apparemment été persuadé, sans jamais se poser la moindre question à ce sujet, que mon engagement envers nos vœux conjugaux était aussi inébranlable que le sien. Toute la confiance qu'il avait en lui-même prenait racine, affirmait-il, dans la confiance qu'il avait eue en ma loyauté. J'étais sidérée. Quelle loyauté? pensais-je, exaspérée. Loyauté envers le concept même de mariage ? Envers une quelconque idée abstraite de la vertu ? L'aveuglement dont il faisait preuve à mon endroit, à l'égard de tous les changements que je subissais, m'offusquait. J'eus immédiatement honte de cette réaction. Pauvre homme, me disais-je. D'abord tu fais tout pour lui cacher la vérité, ensuite tu lui reproches de ne pas avoir percé ton masque; tu es méprisable.

Il se détourna pour me cacher son émotion. Quand il me regarda de nouveau, son visage était soudain celui d'un vieillard, comme si ces quelques instants avaient duré des années. Sa voix était calme et flegmatique, paternelle même, malgré son malheur. Il me disait que c'était, bien sûr, dans son intérêt de m'inviter à rester, qu'il ne souhaitait nullement mettre fin à notre mariage, qu'il m'aimait et voulait passer ce qui lui restait de sa vie avec moi ; il ne croyait pas cependant que quiconque eût le droit d'intervenir dans le choix d'autrui. Il me savait gré, ajoutait-il, de ne pas être partie avec Camillus, de lui avoir annoncé ma décision en personne. Si j'étais sûre de ne pas avoir méconnu mes sentiments, je devais effectivement partir, retrouver ma place aux côtés de celui que j'aimais.

Mes yeux se remplirent de larmes devant sa réaction. Les voyant, il secoua doucement la tête comme s'il voulait me les interdire. Ses yeux ne trahissaient aucun trouble; sa conscience non plus probablement.

Ah, Clio, quelle tristesse. Même aujourd'hui, au milieu de ma honte et de ma douleur, je ne peux m'empêcher de le mépriser.

Il me demanda de lui écrire d'Alexandrie quand j'aurais retrouvé la tranquillité et que Drusus serait rétabli. Si, à ce moment-là, je voulais encore divorcer, continuait-il, il ne s'y opposerait pas. Nous déciderons plus tard si Drusus restera dans l'Est ou reviendra ici à Pompéi, selon son état de santé. Je dois partir après-demain avec le prochain bateau.

C'est fait, c'est terminé, mais je suis insensible à tout soulagement comme à toute joie. Je ne suis consciente que d'une immense distance, comme si j'assistais de loin à quelque manifestation bizarre. Je suis figée, lointaine, en proie à un étrange fatalisme. C'est comme si j'attendais mon destin, presque, bien que la comparaison ne puisse que paraître mélodramatique, comme un criminel qui attendrait sa mise à mort. Pourtant je l'aime, Clio. L'effroi qui m'habite vient peut-être de ma maladie ou découle de ma crainte de m'engager dans un voyage vers un monde inconnu; il est également issu en partie d'une

Nombreux sont les Chemins...

autre angoisse. Ce que j'apprécie le plus chez Camillus, n'est-ce pas appelé à disparaître, si ce n'est déjà fait, sous le poids de l'amour qu'il me porte ? Le triomphe de la chair, que j'ai réalisé grâce à tes conseils, me paraît aujourd'hui une victoire à la Pyrrhus.

Que je te fasse un deuxième aveu. Advenant un conflit entre nous, je préfère le voir vainqueur que brisé. Je t'entends m'accuser de me soumettre trop facilement, mais je ne peux m'empêcher de penser que le dieu en qui Camillus a investi sa foi représente une force nouvelle dans le monde, une force de libération. L'idéal égalitaire que prône le christianisme ne sera peut-être jamais réalisé, mais tout mouvement en ce sens me paraît positif.

Tu vois que je n'ai pas encore réussi à éloigner la confusion. Le dialogue cependant est loin d'être terminé. J'ai promis de visiter une communauté chrétienne en Alexandrie; qui sait ce que j'y trouverai. J'y visiterai également le Temple d'Isis et j'obligerai Camillus à m'y accompagner. Alexandrie, n'est-ce pas après tout Sa ville capitale.

Je t'écrirai de nouveau dès que je serai installée.

Je ne veux pas que nous perdions le contact même si à l'avenir nous serons davantage éloignées l'une de l'autre.

Prie pour moi, si tant est que tu te livres à de telles activités.

A toi comme toujours, Claudia

****

le 23 août

Traduction Mair Verthuy

Je ne devrais pas être installée ici devant mes feuilles. Le bateau part demain matin et je n'ai pas encore écrit à Lucile.

J'ai fait encore un rêve très vivant cette nuit. J'y entrais dans une ville étrange, déserte, apparemment inhabitée. Me promenant sans but dans les rues, j'aboutis dans un square où je trouvai une vieille assise devant un étal désordonné, couvert d'un tas de bimbeloterie et de chiffons du genre que l'on s'attend à trouver au rebut. Je lui demandai le nom de la ville et la raison de son abandon. Elle me répondit que beaucoup de gens l'avaient habitée avant les guerres. Quand je voulus savoir quelles guerres, elle haussa les épaules. Les guerres de religion, dit-elle. Ils s'entre-tuèrent pour le nom de Dieu. Elle parla sans lever les yeux, braqués sur sa marchandise.

Il me semblait qu'elle me craignait, comme si elle croyait que je faisais partie des intolérants.

Nombreux sont les Chemins...

« Je suis sans croyance, fis-je, pensant la rassurer. »

« Voilà qui n'est pas bien, rétorqua-t-elle. Vous êtes mieux protégée si vous avez une croyance quelconque. Parfois ils la respectent, parfois pas, mais dans mon expérience, ce sont ceux qui ont dans la tête une image de ce que devrait être le monde qui ont les meilleures chances de survivre. »

Devant mon regard mystifié, elle sortit, de l'amas d'affaires qu'elle triait, un médaillon. « Voici, dit-elle. Il y a une image à l'intérieur. » Je pris l'objet et, en appuyant sur le fermoir, essayai de l'ouvrir, mais en vain. J'appuyai une deuxième fois et il s'ouvrit immédiatement. Il était vide cependant; il n'y avait rien à l'intérieur. Je le montrai à la vieille qui me répliqua très grossièrement. « C'est là, vous ne regardez pas, » fit-elle avec mépris. Le médaillon m'échappa des mains. Je me baissai pour le ramasser, le trouvant sous un des plis de ma jupe, mais en me redressant je constatai que la vieille était partie. Tous mes efforts pour la retrouver furent vains.

En me réveillant, je restai longtemps à regarder l'aube éclairer peu à peu les objets dans ma chambre. Mes pensées retournaient sans cesse à la femme dans mon rêve et à mes efforts pour la convaincre que j'étais mécréante. « C'est vrai, pensai-je. Je ne crois ni au Christ ni à Isis. Les deux me sont étrangers, issus d'une terre étrangère. Les dieux de mon propre pays me paraissent également irréels; plus nous déifions d'empereurs, plus nos croyances paraissent absurdes, inacceptables. Rome abonde en philosophes et en modèles de vertu humaine, mais aussi sages que soient nos penseurs, Camillus a raison d'affirmer que leurs arguments ne pénètrent pas

241

Traduction Mair Verthuy

dans notre cœur. »

Le soir qui précédait l'hémorragie de Drusus, Camillus est moi nous étions promenés longuement au bord de la mer, à l'extérieur des portes de la ville. Je lui confiai mes cauchemars, mes craintes, mes prémonitions répétées de catastrophes à venir. Il m'écouta avec sympathie, ne fit aucun effort pour n'y voir que des symptômes de ma maladie. Il ne comprenait pas mieux que les autres la nature des rêves, dit-il, malgré le fait que de nombreux Nazaréens croyaient aussi que nous serions visités par une catastrophe proche de celle qui hantait mes nuits.

« Aucun de nous ne peut être certain de ce qui nous attend, fit-il, mais que le cataclysme annoncé par tant de gens arrive ou n'arrive pas, il me semble périlleux de se laisser guider par de telles idées. Penser ainsi n'est qu'une autre forme d'égoïsme. Je ne peux pas croire que le Christ à qui je voue mon âme soit capable d'infliger une telle destruction sur le monde qu'il a créé, même si celui-ci s'est laissé induire en erreur. Je ne crois pas qu'il tolère une telle abomination, ou alors la vie n'a aucun sens. »

« Tu ne crois donc pas à la vie après la mort, Camillus, demandai-je, à cette doctrine de l'enfer, selon laquelle les injustes périront dans un étang de feu ? » Je faisais allusion à un tract qui circule à Rome. Il répliqua qu'il ne croyait pas à de telles visions, que l'enfer dont parlait son maître était de ce monde, qu'il s'agissait de la souffrance qui accompagne le refus de Dieu, la douleur de se savoir séparer de Lui, et indigne.

Voilà bien les sentiments qu'il a su aussi m'inculquer, sans le vouloir.

Nombreux sont les Chemins...

Je fais partie des aveugles auxquels il faisait allusion en parlant du monde humain en état de péché.

« C'est comme si nous avions perdu la vue, expliquait-il. Dans l'ensemble, nous vivons dans le désespoir sans même nous en rendre compte. Parce que nous ne comprenons pas parfaitement qui nous sommes, nous nous enfonçons irrémédiablement dans l'erreur; celle-ci jette un voile sur nos yeux, nous empêche de voir le paradis. »

Il me paraît très beau quand il parle de sa religion. Connaîtrai-je un jour son dieu, je me demande, autrement qu'à travers lui, à travers l'amour de son être charnel ? J'ai l'impression de blasphémer quand il parle de ce Christ, car, dans mon imagination, je ne vois pas le visage d'un dieu mais celui de Camillus quand il se pencha sur moi dans ma chambre, et que je sens son corps dans le mien...

Drusus vivra, j'en suis persuadée; pour des raisons que je ne m'explique pas, je suis persuadée que les dieux le protégeront. Lucile aussi trouvera sa voie. Peut-être est-ce la pitié que Properce m'inspire qui me rend si distante, si incrédule. J'ai l'impression d'être somnambule, comme si le voyage de demain et l'avenir n'étaient qu'un rêve.

Je regarde ma chambre pour la dernière fois, certaine que je ne saurais oublier un décor aussi familier. Je cherche cependant à le fixer dans ma mémoire, les draperies, la couche sur laquelle Camillus et moi nous nous sommes aimés, ma coiffeuse, mes brosses, le vase syrien de ma mère. Tous des objets qui n'ont de valeur que dans les souvenirs qu'ils réveillent en moi; je les quitterai pourtant à regret.

Traduction Mair Verthuy

C'est à regret également que j'abandonnerai ces rouleaux, qui m'ont tant confortée ces dernières semaines. Il faut que je demande à Scribonie de les brûler après mon départ; je n'y arriverais pas toute seule.

Qu'est-ce qui me reste de mes nuits d'étude, quelles perles composeront la dot spirituelle à emporter ? J'ouvre au hasard mon rouleau d'Épictète. Il me conseille de composer mon esprit : « Toujours à chercher la paix à l'extérieur de vous-même, vous ne la trouverez jamais, car vous la cherchez là où elle ne se trouve pas... »

Des mots curieux pour quelqu'un qui entreprend un voyage; je me demande ce que Camillus en dira.

Je vais maintenant dormir : à l'aube s'ouvre un nouveau chapitre de ma vie.

Note de l'archiviste

Le 24 août de l'an 79, après un sommeil de plus de deux cents ans et sans avertissement préalable, le mont Vésuve entra en éruption, oblitérant la ville de Pompéi. Quelques-uns des habitants purent s'échapper par la mer mais la majorité de la population succomba aux gaz nocifs ou se trouva écrasée par les bâtiments qui s'effondraient. Dans l'espace de deux jours, tous ceux qui restaient dans la ville furent enterrés sous la coulée de lave et sous les cendres. La plupart des édifices les plus importants, y compris les deux théâtres, furent détruits par un tremblement de terre, l'Isée que l'on venait de restaurer disparut dans un incendie.

L'historien, Pline le Jeune, se trouvant alors en vacances à Stabiaie de l'autre côté de la baie, écrivait au sujet de la catastrophe à son ami, Tacite. Ses descriptions des événements des 24 et 25 août sont affreusement vivantes et rappelleront probablement à des lecteurs contemporains une menace similaire qui pèse sur nous.

Mon oncle se trouvait de service à Misenum où il commandait la flotte... Assez tôt dans l'après-midi, ma mère attira son attention sur un nuage de grandeur et de forme inhabituelles. L'on ne distinguait pas de quelle montagne il émanait. Plus tard l'on sut qu'il s'agissait du Vésuve, Son apparence faisait penser à un arbre, à un pin en particulier, car il grimpait assez haut sur un tronc, pour ensuite se diviser en branches. Parfois il paraissait blanc, parfois sale et plein de taches, selon qu'il transportait ou non de la terre ou des cendres.

Le phénomène éveilla chez mon oncle son esprit

scientifique; il décida donc de l'examiner de plus près. Nous nous précipitâmes vers l'endroit que fuyaient tous les autres, mettant le voile directement vers le foyer du danger. Déjà des cendres retombaient, de plus en plus chaudes et épaisses au fur et à mesure que les bateaux s'en approchaient; des éclats de pierre ponce ou de galets noircis les suivaient de près. Tout à coup nous touchâmes le fond mais la côte, recouverte de débris rejetés par la montagne, était inabordable.

En même temps des rideaux de feu et de très hautes flammes jaillissaient du sol à plusieurs endroits, rendus plus effrayants par l'obscurité qui les entourait...

Ailleurs, le jour commençait à poindre, mais sur la plage une nuit profonde régnait encore. L'odeur du soufre qui annonçait la proximité du danger faisait fuir les gens. Mon oncle se tenait debout, prenant appui sur deux esclaves; soudain, il s'effondra, mort ...

L'aube était levée mais la lumière se faisait néanmoins rare. Autour de nous les édifices s'écroulaient déjà. En regardant derrière moi, je pus voir un immense nuage noir qui avançait vers nous à toute vitesse, recouvrant la terre comme un raz-de- marée. « Quittons ce chemin tant que nous voyons encore quelque chose,» fis-je à ma mère. Nous entendions des femmes pleurer, des enfants hurler, des hommes crier. Quelqu'un appelait son père, un autre son fils, un autre encore son épouse; ils essayaient de se reconnaître au son de la voix. Il y en avait qui, dans leur crainte de la mort, demandaient à mourir. Nombreux étaient ceux qui priaient pour que les dieux leur viennent en aide; plus nombreux encore étaient ceux qui croyaient que les dieux n'existaient plus et que

Nombreux sont les Chemins...

l'univers se trouvait plongé à tout jamais dans la noirceur.

Un rai de lumière fit son apparition mais nous comprîmes que, loin d'annoncer le retour du jour, il ne faisait que préfigurer les flammes qui approchaient.

Les ténèbres revinrent, les cendres qui tombaient se firent plus lourdes et plus épaisses. De temps en temps nous nous levions pour secouer les braises qui autrement nous auraient écrasés et enterrés. Je peux me vanter de n'avoir laissé échapper aucune plainte, aucun gémissement, car je me consolai avec la pensée que l'univers mourait avec moi et moi avec lui...

Les fouilles entreprises dans les ruines de la villa Properce ne révélèrent, à côté des rouleaux ici retranscrits, aucune trace d'ossements. Il est impossible de savoir si l'auteure de ces rouleaux faisait partie de ceux qui purent s'échapper de la ville par la mer.

Spem habemus: nous ne pouvons qu'espérer.

Remarque de la traductrice

La ville de Pompéi fut détruite en l'an 79 de notre système de datation.

Note de la traductrice

Prière de noter que la plupart des noms romains sont présentés dans leur version française. Dans certains cas, pour éviter toute mésentente éventuelle, c'est la version latine qui est maintenue.

Prière aussi de noter que le système de datation employé ici est celui qui est largement utilisé dans le monde occidental aujourd'hui. De longues années passées à étudier le latin (y compris son système de datation) ont convaincu la traductrice que lectrices et lecteurs éventuels préféreront la simplicité du système choisi.

Mair

Comme beaucoup de membres de sa famille, Mair a toujours été très libre dans ses déplacements. Née au Pays de Galles, elle a vécu en Angleterre (Exeter et Londres), fait beaucoup de stop dans l'Europe de l'Ouest, épousé un Français, vécu à Paris et à Montpellier, immigré au Canada avec mari et enfants, enseigné à Toronto et à Montréal, visité de nombreux autres pays pour le plaisir ou le travail.

Première Directrice de l'Institut Simone de Beauvoir, elle est peut-être surtout connue, entre autres, pour tout ce qu'elle a fait pour encourager les écrivainEs de toutes parts à écrire et à publier, pour promouvoir leur inclusion dans le canon littéraire universitaire et collégial, pour réfléchir au développement de nouvelles techniques critiques, pour exiger la féminisation des titres.

Aujourd'hui à la retraite, elle s'engage dans sa propre création littéraire ainsi que dans la traduction de ce qui est, pour elle, à connaître dans la deuxième langue.

CPSIA information can be obtained at www.ICGtesting.com
Printed in the USA
LVOW10s0050280416

485650LV00014B/61/P